O PRÍNCIPE
E OUTRAS FÁBULAS MODERNAS

Copyright do texto © 1922 Rabindranath Tagore
Copyright da edição © 2013 Escrituras Editora

Título original: *The Prince and other Modern Fables*

Todos os direitos desta edição cedidos à
Escrituras Editora e Distribuidora de Livros Ltda.
Rua Maestro Callia, 123 – Vila Mariana – São Paulo, SP – 04012-100
Tel.: (11) 5904-4499 – Fax: (11) 5904-4495
www.escrituras.com.br
escrituras@escrituras.com.br

Diretor editorial: Raimundo Gadelha
Coordenação editorial: Mariana Cardoso
Assistente editorial: Ravi Macario
Capa, projeto gráfico e diagramação: Felipe Bonifácio
Ilustração da capa: *Raag Deepak* em Ragamala, Sahibdin, 1605
Tradução: Carolina Caires Coelho
Revisão: Jonas Pinheiro e Paulo Teixeira
Impressão: Farbe Druck Gráfica e Editora Ltda.

Dados Internacionais de Catalogação na Publicação (CIP)
(Câmara Brasileira do Livro, SP, Brasil)

Tagore, Rabindranath
  O príncipe e outras fábulas modernas /
Rabindranath Tagore; [traduzido por Carolina
Caires Coelho]. – São Paulo: Escrituras Editora, 2013.

  ISBN 978-85-7531-421-0

  1. Ficção bengali I. Título.

11-09773   CDD-891.441

Índices para catálogo sistemático:
1. Ficção: Literatura bengali 891.441

Impresso no Brasil
Printed in Brazil

Rabindranath Tagore

O PRÍNCIPE
E OUTRAS FÁBULAS MODERNAS

Tradução
Carolina Caires Coelho

escrituras
São Paulo, 2013

Sumário

IV. Céu e Terra

Histórias de
Reis e Rainhas

Histórias

Assim que a criança aprendeu a falar, ela disse: "Conte-me uma história". A avó começou a contar. "Era uma vez, um rei, uma rainha e um príncipe...".

A professora na escola elevou a voz: "Quatro vezes três são doze!".

Mas, naquele momento, o gigante egoísta gritou ainda mais alto: "Quem ousou entrar em meu jardim?". O grito da professora da tabuada do três passou pelos ouvidos da criança.

Seu mentor o levou para dentro de uma sala e explicou com seriedade: "Três vezes quatro são doze... é fato. E o rei, a rainha e o príncipe... são histórias, assim...".

Mas enquanto ele falava, a mente da criança sobrevoou os sete mares que não aparecem nos mapas, três vezes quatro tentaram segui-lo ali, mas o livro de anotações pesava demais para levantar voo.

O irritado mentor considerou aquilo apenas mau comportamento e imaginou que alguns golpes de palmatória resolveriam o problema.

Quando viu a conduta do professor, a Avó não fez comentários. Mas os problemas nunca ocorrem sozinhos. Um novo chegou quando o velho foi embora. A contadora de história veio e sentou-se no assento velho. Começou a contar a história de um príncipe no exílio.

Quando o nariz da malvada estava sendo fatiado, o professor disse: – A história não prova nada disso, mas o que está gravado em todas as partes é que três vezes quatro são doze.

Enquanto isso, Hanuman, o macaco celestial, havia ido para o céu. A história não conseguia acompanhar o ritmo dele, saltando. Desde a pré-escola passando para a escola e depois do ensino médio ao superior, a mente da criança foi envolvida em uma prova e diversas curas foram realizadas. Mas depois de tudo que foi testado, quatro palavras se recusaram a ir embora: "Conte-me uma história!".

Isso demonstra claramente que um homem como ser humano gosta de histórias, em qualquer idade. É por isso que a quantidade de histórias que tem se acumulado no mundo todo, em casas, ao longo dos tempos, pelo boca a boca, em forma escrita, ultrapassa todos os outros tipos de riquezas acumuladas pelo homem.

O mentor não percebe que a compulsão em inventar histórias é a última das obsessões do Criador. Se Ele não pode ser livrado delas, não há como querer tirá-las do homem.

Um dia, o Criador entrou em Sua oficina e começou a tirar água do fogo e terra da água. O Criador ficou exausto e esgotado. Os montes de minerais estavam estocados em pilhas organizadas, havia produtos químicos espalhados por todos os lados e marteladas que não acabavam. Naquele momento, o Criador não aparentava absolutamente nada de errado. Tudo o que estava acontecendo ali era totalmente "produtivo".

Então veio o início da vida. A grama crescia, as árvores esticavam, os animais corriam e as aves voavam. Se um estava enraizado na terra, com os braços esticados, o outro corria, feliz por estar livre, outro ainda se ocupava andando pelo mundo sob uma cortina de água num balé silencioso enquanto um quarto gostava de compor músicas ao Sol, com as asas estendidas. A partir desse momento, a impetuosidade do Criador era revelada.

Muitas eras se passaram. De repente, um belo dia, o Criador utilizou os quarenta e nove ventos em Seu laboratório. A partir deles, criou o homem. E então ocorreu a mudança de Sua história. Havia dedicado bilhões de anos à ciência e à engenharia. Agora, voltava-se para as artes.

Ele trouxe o homem à vida por meio de histórias e mais histórias. Os animais e as aves passavam a vida comendo, dormindo e criando seus filhotes. A vida do homem era uma história, muitos acontecimentos, muita tristeza! Tudo girava em torno da evolução por meio de conflitos. Um desejo em colisão com outro desejo, o bem do indivíduo com o bem comum, disciplina com natureza, desejo com circunstâncias! Assim como o rio é formado por uma corrente de água, o homem é uma corrente de histórias. Então, quando duas pessoas se encontram, elas perguntam: "Oi, e aí, o que há de novo...?". Esse "e aí" é entrelaçado com mais "e aís" e assim, a história do homem está sendo contada no mundo. É isso o que chamamos de história da vida, ou história.

A vida do homem é uma mistura de história formada pelo Criador e as histórias criadas pelo próprio homem. Para nós, as histórias de Ashoka e Akbar não são as únicas que fazem sentido. A história do príncipe que viaja para uma terra distante em busca do tesouro do demônio é tão verdadeira quanto a história da lealdade de Hanuman, na qual ele não hesita em arrancar a montanha Gandhamadan e levá-la ao Lorde Rama. Para nós, seres humanos, Aurangzeb é tão real quanto Duryodhana. Não importa qual deles tem maior prova de existência, só importa quão verdadeira essa história é.

O homem passou a existir no mundo de ficção do Criador. Assim, ele não é matéria nem teoria – e isso é algo que o mentor não consegue apagar da mente dele. Por fim, ao final do caso, o mentor tenta se comprometer misturando a história com o sermão. Mas, por serem totalmente incompatíveis, os dois não se unem com facilidade. Prejudicada, a história racha e a moral sai, deixando apenas um monte de lixo.

A fada

O Príncipe tinha quase vinte anos e pedidos de casamento não lhe paravam de chegar de todas as partes.

O casamenteiro disse: – A princesa de Bahlika é de rara beleza, como um buquê de rosas claras.

O Príncipe se virou sem nada dizer.

O mensageiro disse: – A princesa de Gandhara é tão elegante quanto um cacho de uvas que adornam uma vinha.

Então o príncipe foi para a floresta com o pretexto de caçar. Passaram-se semanas e ele não deu sinais de que voltaria para casa.

O mensageiro voltou com notícias novas: – Acabei de ver a princesa do Camboja: como uma planta que se curva ao horizonte na alvorada, com orvalho fresco, brilhando na manhã.

O Príncipe escondeu o rosto atrás de um livro de poesias e se recusou a olhar.

O Rei perguntou: – Qual poderia ser a razão disso? Traga o filho do Ministro.

O filho do Ministro foi levado até o Rei, que o Rei disse a ele: – Você é o amigo de meu filho. Diga-me por que ele não está interessado em se casar.

O filho do Ministro respondeu: – Meu Senhor, desde que seu filho escutou as histórias da Terra das Fadas, ele se tornou determinado a casar-se com uma fada e mais ninguém.

O Rei exigiu que os mensageiros levassem a ele notícias da Terra das Fadas. Homens de sabedoria foram trazidos e eles abriram livros antigos. Balançaram a cabeça e disseram que os livros não traziam nenhum registro da Terra das Fadas.

E então os mercadores e comerciantes foram levados à corte. Eles disseram: – Já percorremos as terras por todos os lados em nossas viagens, terras de especiarias e frutos, plantas e perfumes. Mas nunca escutamos falar da Terra das Fadas.

O Rei franziu o cenho e disse: – Chamem o filho do Ministro de novo.

Quando o rapaz ficou diante do Rei, este perguntou: – Quem contou ao Príncipe esses contos de fadas?

O filho do Ministro respondeu: – Naveen, o duende que anda pela floresta com a flauta na mão. Quando o Príncipe entra nas matas para caçar, escuta essas histórias contadas por ele.

O Rei pediu: – Traga-o.

Naveen levou um buquê de flores selvagens como presente para sua companhia real. O rei disse: – Onde você ouviu falar da Terra das Fadas?

Ele respondeu: – Eu vou lá o tempo todo.

O Rei perguntou a ele: – Onde fica?

O duende disse: – No outro lado de seu reino, perto do monte Imagem, ao lado do lago Desejo.

O Rei perguntou: – É verdade que existem fadas ali?

O duende disse: – Você pode vê-las, mas não teria como reconhecê-las. Elas se disfarçam. Às vezes, elas se revelam, e depois nunca mais são encontradas.

O Rei perguntou: – Como *você* consegue reconhecê-las?

Naveen disse: – Às vezes, por um som ou por uma luz estranha.

Irritado, o Rei disse: – Esse menino não faz o menor sentido. Ele é um idiota. Levem-no daqui.

Mas as palavras do duende ficaram na mente do Príncipe. Era começo da primavera, quando as flores tremem esperando o florescer e os caules erguem as flores, a partir da grama. O Príncipe foi para o monte Imagem, sozinho.

Todos perguntaram: – Aonde você vai?

Ele não respondeu.

Um pequeno fluxo de água saiu de dentro de uma caverna, caindo no lago Desejo, os moradores do vilarejo o chamam de rio do Sonho. O Príncipe se mudou para dentro de um templo em ruínas ao lado do rio. Um mês se passou. As folhas verdes ficaram mais escuras e a terra cobriu-se com flores protegidas pelas árvores. De repente, um dia, ao amanhecer, o Príncipe escutou um som em seus sonhos. Quando acordou, disse a si mesmo: – Hoje vou encontrá-la.

Ele partiu a cavalo, seguindo o rio, e logo chegou ao lago Desejo. Ali, encontrou uma moça sentada ao lado da água. Seu vaso de argila estava cheio de água, mas ela não parecia querer se levantar. Sua pele era escura e ela tinha uma flor copo de leite amarela nos cabelos pretos, lembrando a primeira estrela da noite.

O Príncipe desceu de seu cavalo e perguntou: – Você pode me dar sua flor amarela?

Ela reagiu sem medo. Olhou para o Príncipe. Uma sombra parecia cobrir seus olhos brilhantes, como uma sensação de sono ou as primeiras nuvens que escurecem o céu de julho. A garota tirou a flor dos cabelos e a entregou ao Príncipe: – Aqui está.

Ele perguntou: – Diga-me a verdade. Qual fada você é?

Ela demonstrou surpresa a princípio e então, como uma chuva forte e repentina de outono, começou a rir.

O Príncipe disse para si mesmo: – Meu sonho... essa risada, a doçura do som, é tudo exatamente o que escutei em meu sonho.

O Príncipe subiu em seu cavalo e estendeu o braço: – Venha.

Ela segurou a mão dele e montou no cavalo sem pensar duas vezes. Seu vaso de argila cheio de água ficou abandonado perto do lago. Uma ave piou de um galho mais acima.

O Príncipe sussurrou no ouvido dela: – Qual é o seu nome?

Ela respondeu: – Kajri.

Eles chegaram ao templo em ruínas ao lado do rio dos Sonhos. O Príncipe disse: – Agora, revele-se para mim.

Ela disse: – Somos pessoas simples dos montes. Não usamos disfarces.

O Príncipe disse: – Mas quero ver seu lado fada!

Lado fada? A mesma risada de novo, com notas mais agudas sobrepondo-se umas às outras. O Príncipe pensou: – O riso dela rima com este rio. Ela é minha fada do rio dos Sonhos.

Chegou ao palácio a informação de que o Príncipe havia se casado com uma fada. O Rei mandou seus cavalos, elefantes e carruagens para receber o casal.

Kajri perguntou ao Príncipe: – O que é tudo isto?

O Príncipe respondeu: – Você terá de ir ao meu palácio.

Lágrimas se acumularam em seus olhos. Ela se lembrou de que havia deixado seu vaso de argila ao lado do rio. De repente ela também se lembrou das sementes de grama que havia deixado secando ao Sol no quintal, do pai e do irmão que tinham partido para caçar e que deveriam voltar logo, e sua mãe que estava cantarolando sob uma árvore, tecendo um sari.

Ela disse: – Não, não vou.

Mas o retumbar dos tambores, o bater dos pratos e o ressoar dos trombones cobriram sua voz.

Quando Kajri saiu da carruagem para o pátio do palácio, a Rainha tocou a testa e exclamou: – Que tipo de fada é essa?

A filha disse: – Oh, que vergonha!

A empregada disse: – Olhe as roupas dela!

E o Príncipe disse: – Cale-se! A fada veio à nossa casa disfarçada.

Diversos dias se passaram. O Príncipe sempre ficava sentado na cama à noite, tentando ver, pela luz da lua, se o disfarce de Kajri havia desaparecido o mínimo que fosse. Mas ele apenas viu as madeixas dela espalhadas pelo travesseiro e seu corpo na cama parecia uma boneca perfeita entalhada em granito. O Príncipe pensou em silêncio: "Onde minha fada se esconde, como a manhã atrás do escuro da noite?".

Todos na casa começaram a ridicularizá-lo. Um dia, ele não aguentou mais. Quando Kajri, certa manhã, estava prestes a sair da cama, ele a segurou pelo braço e disse: – Hoje você não vai sair. Mostre-me quem é de verdade, preciso ver.

Certa vez, ela havia rido ao escutar as mesmas palavras na mata. Mas, naquele dia, ela não conseguiu rir. Seus olhos ficaram cheios de lágrimas. O Príncipe perguntou: – Você vai me enganar a vida toda?

Ela respondeu: – Não, não mais.

O Príncipe disse: – Tudo bem, que seja. Na próxima noite de lua cheia deste último mês de outono, você deve revelar-se a todos!

A lua cheia estava no céu. Os músicos da corte começaram a tocar uma canção triste. O Príncipe entrou no palácio, lindamente vestido, segurando um arranjo de flores: estava prestes a se casar com sua noiva-fada.

No quarto deles, a cama estava com lençóis limpos e brancos. Havia flores brancas e perfumadas sobre ela. As luzes entravam pela janela.

Mas e Kajri?

Ela não estava ali.

O relógio marcou as três e a lua foi em direção ao oeste. Um a um, os convidados entraram na sala.

Onde estava a fada?

O Príncipe disse: – Ela se revelou quando foi embora. Nunca mais será encontrada.

O desfile de carruagens

O dia do desfile de carruagens estava chegando. A Rainha disse ao Rei: – Vamos assistir ao desfile de carruagens.

O Rei concordou.

Cavalos e elefantes tinham sido trazidos do estábulo. Fileiras e mais fileiras de barcos decorados haviam se aprumado. Na terra, exércitos de sentinelas estavam preparados com lanças nas mãos. Grupos de servos e empregadas se reuniram.

Apenas uma pessoa estava para trás. Era ele quem pegava fios soltos de vassoura do chão do palácio.

O Chef ficou com pena dele e disse: – Você aí, venha se quiser ficar conosco.

Ele respondeu com as mãos retorcidas: – Não vou poder ir.

Boatos se espalharam e chegaram ao Rei, dando conta de que todos estavam se aproximando, menos aquele homem.

O Rei sentiu pena dele e disse ao Ministro: – Leve-o junto.

O comboio partiu. A casa do homem ficava no caminho. Quando o comboio de elefantes chegou lá, o Ministro disse:

– Vocês aí, venham conosco para ver as carruagens.

Ele respondeu retorcendo as mãos: – Até onde posso ir? Não posso chegar às portas dos deuses.

O Ministro disse: – Você não tem nada a temer. O Rei está com você!

Ele disse: – Pobre de mim! Posso limpar o caminho do Rei?

O Ministro perguntou: – O que será de você se fizer isso? Vai perder o desfile?

Ele disse: – É claro que não. Deus vem à minha casa com as mesmas carruagens.

O Ministro começou a rir: – Onde estão as marcas das rodas das carruagens em frente à sua casa?

O homem disse: – As rodas Dele não deixam marcas.

O Ministro perguntou: – E por que isso ocorre?

O homem respondeu: – As carruagens têm asas.

O Ministro perguntou: – E onde está essa carruagem agora?

O homem apontou... havia dois girassóis recém-florescidos dos dois lados da entrada de sua casa.

O bobo da corte

O Rei de Kanchi partiu para conquistar Karnat. Ele foi vitorioso na batalha. Seus elefantes foram decorados com peças de madeira, marfim e pedras preciosas.

No caminho de volta para casa, ele parou no templo Baleswari e se banhou com o sangue de um animal sacrificado.

O Rei terminou suas orações à deusa e virou-se para sair. Suas roupas estavam encharcadas de sangue, ao redor de seu pescoço havia um colar de hibiscos vermelhos e sua testa foi ungida com óleo de sândalo. O Ministro e o bobo da corte eram suas únicas companhias.

Num local, uma plantação de mangueiras no canto do caminho, eles viram algumas crianças brincando.

O Rei disse: – Quero ver com o que elas estão brincando.

As crianças haviam formado duas fileiras de bonecas de argila e brincavam de guerras e batalhas.

O Rei perguntou: – Quem está lutando contra quem?

Elas disseram: – Karnat está lutando contra Kanchi.

O Rei perguntou: – Quem está ganhando e quem está perdendo?

As crianças estufaram o peito e disseram: – Karnat vai vencer e Kanchi vai perder.

O Ministro ficou sério, o Rei ficou furioso e o bobo da corte caiu na risada.

Quando o Rei voltou com suas tropas, as crianças ainda estavam ocupadas com a brincadeira.

O Rei disse: – Amarre todas elas a uma árvore e surre-as!

Os pais das crianças vieram correndo do vilarejo próximo e disseram: – Elas são inocentes, foi só uma brincadeira, por favor, perdoe-as.

O Rei chamou seu comandante e disse: – Ensine uma lição a este vilarejo para que eles nunca mais se esqueçam do Rei de Kanchi.

Ele voltou para seu acampamento.

Naquela noite, o comandante ficou diante do Rei. Ele fez uma reverência e disse: – Majestade, com a exceção de hienas e urubus, está tudo em silêncio no vilarejo.

O Ministro disse: – A honra de vossa Majestade foi salva.

O padre disse: – A deusa abençoou nosso Rei.

O bobo da corte disse: – Alteza, por favor, permita que eu me retire agora.

O Rei perguntou: – Mas por quê?

O bobo da corte disse: – Não sei matar, não sei aleijar. Só consigo rir da vida de Deus. Se eu continuar na corte de Vossa Majestade, vou me esquecer de como rir.

O desejo do coração
da nova rainha

A Nova Rainha estava mal. Seu coração estava pesado – nada mais a agradava. O médico trouxe remédios. Ele os misturou e deu a ela a mistura em um copo, dizendo: – Beba isto. – Ela não quis.

O Rei ficou sabendo. Ele saiu da corte correndo e foi até ela. Sentou-se ao lado dela e perguntou: – O que a está incomodando? O que seu coração deseja?

Ela resmungou: – Saiam, todos vocês. Apenas traga minha aia.

Sua aia foi chamada. A Nova Rainha segurou a sua mão e disse: – Querida amiga, sente-se aqui. Preciso conversar com você.

A aia perguntou: – Conte-me no que está pensando?

A Nova Rainha disse: – Em primeiro lugar, a Antiga Rainha tinha três quarteirões ao lado de minha mansão de sete andares; depois, passou a ter apenas dois, depois um e por fim ela foi mandada embora do palácio.

Aos poucos, eu me esqueci totalmente da Antiga Rainha, a desaparecida. E então chegou o Holi, a festa das cores. Fui para o quintal em minha carruagem de penas de pavão. Havia muitas pessoas diante da carruagem e guardas na parte de trás. A banda tocava dos dois lados da estrada, flautas à esquerda, tambores à direita. De minha carruagem, eu vi uma cabana de terra na barranca do rio, à sombra de um pé de jasmim. A cerca estava tomada por ramas de flores azuis caindo pelas proteções e diante da entrada havia um rangoli feito com pó de arroz. Perguntei à minha empregada: – Que bela cabana. Quem vive ali?

Ela respondeu: – A Antiga Rainha, em exílio.

– Voltei para casa e fiquei sentada no escuro, sem nenhuma luz – eu não tinha o que dizer a ninguém. O Rei veio e perguntou: – O que a incomoda? O que seu coração deseja? – Eu respondi: – Não posso viver aqui neste quarto.

O Rei disse: – Vou construir uma nova mansão com revestimento de mármore. Os pisos de mármore no chão serão brancos como leite e eu vou querer que eles tenham detalhes de conchas claras em um desenho de lótus. Eu disse: – Meu coração deseja viver em uma cabana de barro num canto do jardim do palácio.

O Rei disse: – Tudo bem, isso é fácil.

Ele fez a cabana de barro. Foi como uma flor selvagem arrancada pela raiz; ela ganhou vida quando foi plantada em terra nova.

Fui para dentro dela e saí me sentindo um pouco envergonhada.

Mais tarde, certo dia, era a Festa do Banho. Eu fui para o rio com cento e sete servas. A carruagem toda foi submersa na água e eu estava dentro e tomei meu banho. Ao voltar, olhei para fora da carruagem e vi... quem era aquela mulher divina? Ela era pura como uma flor do altar! Vestia um sari branco com borda vermelha e pulseiras brancas de conchas. Carregava um vaso de água no quadril enquanto caminhava de volta para casa, voltando do banho, os raios do sol da manhã reluziam em seu cabelo úmido e no vaso de água. Perguntei a minha serva:

– Quem é ela? Em qual templo ela ora? – A serva riu e disse:

– A senhora não a conhece? É a Antiga Rainha.

Eu voltei para casa e me sentei no escuro; não disse nenhuma palavra a ninguém. O Rei veio e perguntou: – O que a incomoda? O que seu coração deseja? – Eu disse: – Meu coração deseja que eu me banhe no rio todas as manhãs e caminhe de volta para a floresta com um vaso de barro no quadril.

O Rei disse: – Tudo bem, isso é fácil.

Sentinelas foram posicionados ao longo do caminho e as pessoas foram afastadas. Eu vesti um sari branco de borda vermelha e pulseiras brancas de conchas. Eu me banhei no rio e levei de volta para casa um vaso de água no quadril. Nas portas do palácio, coloquei o vaso no chão em desespero. Não foi como pensei que seria. Mais uma vez me senti envergonhada.

E então, no outro dia, houve a Festa de Krishna. Barracas foram montadas na floresta e houve cantoria e dança a noite toda.

Na manhã seguinte, o trono real foi colocado sobre o elefante.

Protegida por cortinas e telas, eu estava voltando para casa. E vi uma criança passando pela mata. Sua cabeça estava coberta por flores. Ela carregava um cesto repleto de lírios, frutos das árvores e verduras retiradas da terra.

Perguntei à minha serva: Que criança linda é aquela, iluminando a floresta toda? – Ela respondeu: – A senhora não sabe? É filho da Antiga Rainha. Ele está levando as flores, os frutos e as verduras à mãe dele.

Eu voltei para casa e fiquei sentada na escuridão. Não falei nada com ninguém. O Rei veio e perguntou: – O que a incomoda? O que seu coração deseja? – Eu disse: – Meu coração deseja que eu tenha lírios, frutos e verduras todos os dias. Meu filho deve pegá-los com as próprias mãos e levá-los para mim.

O Rei disse: – Tudo bem, isso é fácil.

Sentei-me na cama e meu filho trouxe a cesta de frutos e flores. Estava pingando suor e a fúria endureceu seus membros. A cesta estava ali, intocada. Eu senti vergonha.

Desde aquele dia, não sei o que deu errado. Eu fico sentada ali, sozinha e em silêncio. Todos os dias, o Rei se aproxima e pergunta: – O que a incomoda? O que seu coração deseja?

Apesar de eu ser a Nova Rainha privilegiada, tenho muita vergonha de dizer às pessoas o que meu coração deseja. Por isso pedi sua presença, minha amiga. Permita-me sussurrar meu último e derradeiro desejo em seu ouvido: Quero a tristeza da Antiga Rainha.

A aia ficou surpresa e perguntou: – Mas por quê?

A Nova Rainha disse: – A flauta de madeira dela espalhava música enquanto a minha flauta de ouro – eu levava a todos os lados, eu mexia nela, mas nunca consegui tocá-la!

O quadro

Na cidade onde Abhiram pintava deuses e deusas, ninguém sabia dele nem de seu passado. Todos o conheciam apenas como o desconhecido que pintava quadros para sobreviver.

Ele pensava: "Eu era muito rico, mas agora não tenho mais nada... Tudo isso aconteceu para o bem, pois agora medito sobre várias formas de Deus o dia todo, meu sustento vem dessas pinturas e posso pintar a imagem Dele em todas as casas. Ninguém pode tirar de mim o respeito e o orgulho que isso me traz".

Um dia, o Ministro real faleceu. O Rei convidou e empregou um novo Ministro de outra cidade. A cidade toda ficou em polvorosa com as notícias.

Porém, naquele dia, os dedos e o pincel de Abhiram pararam.

O novo Ministro era o mesmo menino órfão que o pai de Abhiram adotou e criou e em quem confiava mais do que em seu próprio filho de sangue, Abhiram. Mas o menino havia sido um traidor e havia roubado a fortuna do pai. Aquele mesmo menino agora estava no reino como o novo Ministro.

O quarto onde Abhiram pintava também era seu quarto de dormir. Ele entrou, uniu as mãos e disse: – Foi para isso que passei tantos anos meditando sobre o senhor em todas as cores, todos os traços? É assim que o Senhor me recompensa? Com um insulto tão grande?

O cocheiro estava se aproximando.

Na feira, muitas pessoas de diferentes locais se reuniam para comprar os quadros de Abhiram. Naquela multidão, havia um menininho, observado por servos e guardas. Ele escolheu um quadro e disse: – Vou levar este.

Abhiram se virou para o acompanhante do menino e perguntou: – Quem é esse garoto?

Ele respondeu: – O único filho de nosso Ministro.

Abhiram cobriu os quadros com um pano e disse: – Não vou vender meus quadros.

Mas isso apenas fez com que o menino quisesse o quadro ainda mais. Ele foi para casa, recusou-se a comer e se recolheu em um canto.

O Ministro mandou um saco cheio de moedas de ouro a Abhiram, mas o saco voltou ao Ministro, intocado.

O Ministro disse a si mesmo: – Quanta audácia!

Quanto mais irritado ficava, mais ofensiva era a recusa de Abhiram e ele pensou: – Vou vencer.

Toda manhã, a primeira coisa que Abhiram fazia era pintar um quadro de sua divindade. Esta era a única forma de adoração que ele conhecia. Um dia, ele decidiu que o quadro não estava de seu agrado. Alguma coisa parecia diferente. Não estava certo. Ele se sentiu perturbado.

Conforme os dias foram passando, a sutil diferença se tornou mais forte, até que Abhiram finalmente se deu conta: – Já sei!

Ele conseguiu ver que o rosto de seu Deus estava cada vez mais parecido com o rosto do Ministro.

Ele colocou o pincel no chão e disse: – O Ministro venceu!

No mesmo dia, ele pegou o quadro e o levou ao Ministro, dizendo: – Aqui está o quadro. Entregue-o a seu filho.

O Ministro perguntou: – Qual é o preço?

Abhiram disse: – Você roubou minha devoção a meu Deus. Vou retomá-la dando-lhe este quadro sem nada cobrar.

O Ministro não tinha a menor ideia do que Abhiram estava falando.

O príncipe

Esta é a história de tempos, os quais não têm começo nem fim. O príncipe estava viajando, longe de sua própria terra, pelos sete mares, em uma terra onde nenhum rei reinava.

Em cidades e vilarejos, todos vão à feira, compram coisas, voltam para casa, conversam e reclamam. Mas o Príncipe sempre sai de casa e viaja. Por que ele parte?

Afinal, a água do poço fica bem ali, parada. Águas de lagos e rios, também ficam paradas em seus lugares. Mas a água da motanha não fica parada o tempo todo, pois escapa das nuvens. Quem poderia manter o Príncipe em seu reino? Ele não sai do caminho, atravessa os sete mares e os treze rios.

Todo homem que já foi criança gosta de escutar esta história antiga.

A luz da lamparina não se mexe e as criancinhas pensam: "Eu sou esse príncipe".

Se a terra sem fim termina, o mar se estende. No meio dela existe uma ilha na qual o demônio prende a princesa.

A maioria das pessoas neste mundo procura riqueza, fama ou felicidade, porém esse Príncipe está em busca da Princesa,. Ele irá salvá-la do demônio. Um barco afunda, outro vira, mesmo assim ele não desiste.

Este é o primeiro conto de fadas na vida de um homem. Toda nova vida que nasce neste planeta precisa aprender isto com a avó: que a Princesa está presa, que o mar é revolto, que o demônio é forte e, ainda assim, o homem insignificante prometeu: "Vou salvar a donzela presa!".

A chuva cai na floresta escura, os grilos fazem barulho e o menininho está perdido em seus pensamentos: – Preciso partir em busca da princesa e salvá-la do demônio. À frente dele está o oceano infinito, como o sono com ondas de sonhos. O Príncipe desce de seu cavalo.

Mas assim que seus pés tocam na terra... uau! Trata-se de um sonho ou ele está na terra das maravilhas?

É uma cidade na qual as pessoas andam apressadas; os carros partem para escritórios e se encontram nas ruas. O tocador de flauta fica no canto, tocando seus instrumento e tentando crianças meio nuas a comprar seus materiais

E o que são aquelas roupas do Príncipe? Ele caminha de modo estranho! Os botões de sua camisa estão meio abertos, seu *dhoti* não está muito limpo e seus sapatos estão gastos e puídos. Ele é um rapaz do vilarejo, um aluno na cidade e trabalha para conseguir sobreviver.

Onde está a Princesa?

Ela mora na casa ao lado.

Ela não é branca como um lírio e seu sorriso não brilha como pérolas. Ela não pode ser comparada com as estrelas no céu. Ela é como a flor selvagem sem nome que se abre em meio à grama depois das primeiras chuvas das monções.

Sua mãe havia morrido e o pai a paparicava. Ele era um homem pobre, mas não pretendia casar a filha com um homem sem valor. Assim, a moça ficava cada dia mais velha e os vizinhos começaram a comentar. E então seu pai também morreu. Agora, a moça foi viver na casa do tio.

Um pretendente foi encontrado para ela. Um homem tão rico quanto velho, com muitos netos. É ostentoso.

O tio diz: – A moça realmente tem sorte.

No dia do casamento, ninguém encontra a moça e o moço da casa ao lado também desaparece.

Boatos correm de que os dois fugiram e se casaram em segredo. As castas dos dois não se misturam, mas eles se ligam pelo coração. Todos dizem: – Que vergonha!

O velho rico promete um trono de ouro à sua divindade e prenuncia: – Veremos se esse rapaz vai escapar!

O rapaz é levado à corte, onde sábios advogados e testemunhas preparadas mudam tudo como querem. É estranho ver isso!

No mesmo dia, dois cordeiros são sacrificados para a divindade local. Tambores ressoam e trombetas tocam. Todos estão felizes. Eles dizem: – Os tempos podem estar corrompidos, mas ainda existe um Deus no céu!

E então, é uma história muito longa. O rapaz volta da cadeia. Mas o caminho tortuoso, no qual ele está, parece não ter fim. É mais longo e mais solitário do que o campo mais infinito. Muitas vezes, no escuro, ele escuta: – Muito, muito bem, sinto cheiro de carne humana! – Muita ganância por todos os lados, tudo por um pouco de carne humana!

A estrada é infinita, mas a jornada termina. Um dia, ela para.

Nesse dia, não há ninguém para tomar conta dele. Apenas o Senhor da Morte, Yama, está do seu lado.

No momento em que a varinha mágica de Yama toca sua testa... pronto! A cidade desaparece e o sonho se desfaz.

Em um instante, o Príncipe volta. Ele traz a marca da eternidade na testa. Precisa derrubar a fortaleza do demônio, precisa libertar a Princesa.

Ao longo dos anos, para sempre, crianças pequenas se sentam no colo da mãe e escutam a história... a viagem do homem que vaga pelos campos sem fim. Diante dele, os sete mares ressoam e as ondas batem na costa.

Ao longo da história, ele tem formas diferentes, personagens diferentes. Mas além da história, ele tem apenas um rosto: e ele é o Príncipe.

A história de um papagaio

Era uma vez, um papagaio que não era muito esperto. Ele cantava, mas não recitava as escrituras. Pulava nos galhos e voava de um lado a outro, mas não sabia muita coisa sobre regras e regulamentos.

O Rei disse: – Uma ave assim é inútil. Ela apenas bica as frutas na floresta, o que dá prejuízo aos vendedores de frutas do mercado.

Ele chamou o Ministro e disse: – Ensine uma lição ao papagaio. Ao sobrinho do Rei, foi dada a missão de treinar a ave.

Muitos homens sábios se uniram para teorizar. A pergunta era: "Qual era o motivo de ignorância do papagaio?"

A análise foi: "O pequeno ninho que a ave constrói para si, com palha e grama, não pode conter muito conhecimento. Assim, a primeira providência seria fazer uma jaula para a ave."

Os homens sábios ganharam recompensas e foram para casa felizes.

O ferreiro se ocupou de fazer a jaula de ouro. Foi uma jaula tão linda que homens do mundo todo queriam ver. Alguns diziam: "O máximo do aprendizado!". Outros diziam: "Mesmo que não haja aprendizado, a jaula é especial! A ave tem sorte".

O ferreiro recebeu um saco de ouro como pagamento. Com o coração feliz, ele foi para casa.

O rapaz sentou-se para dar uma lição ao papagaio. Pegou um punhado de rapé e disse: – Alguns textos não serão o bastante neste caso.

Assim, o sobrinho reuniu os escritores de livros. Eles copiaram as frases dos livros e as copiaram de novo a partir das cópias, até terem uma pilha de papel diante deles. Todos aqueles que viram a pilha exclamaram: – Bravo! Eles são muito eruditos.

O grupo de escritores pegou o dinheiro que lhes pertencia e o colocou dentro de carrinhos. Correram para casa imediatamente. Pelo resto da vida, nunca mais souberam o que era passar necessidade.

Cuidando da jaula cara, o sobrinho também não teve nem um momento para descansar. Havia manutenção e reparos para fazer. Além disso, havia a rotina diária de tirar o pó, limpar e polir – quem via dizia: – É realmente de admirar.

Muitos homens foram chamados ao trabalho e, para supervisioná-los, mais homens começaram a trabalhar. Todos os meses, eles recebiam bons salários que os mantinham. Mais do que felizes, eles, com seus familiares e amigos, construíram casas e ficaram tranquilos na vida.

Pode faltar muita coisa no mundo, mas nunca faltam críticas. Eles disseram: – A jaula parece estar muito boa, mas será que alguém cuida da ave?

Os boatos chegaram aos ouvidos do Rei, que chamou o sobrinho e perguntou: – Sobrinho, por que as pessoas estão dizendo isso?

O sobrinho disse: – Meu Senhor, se quiser a verdade, chame o ferreiro, os especialistas e os sábios; chame os homens que fazem os reparos e aqueles que os supervisionam. Os críticos são tão ruins que só sabem falar mal dos outros.

Essa resposta agradou ao Rei e o sobrinho recebeu uma corrente de ouro para usar no pescoço.

O Rei queria ver pessoalmente a rapidez com que o treinamento estava sendo feito. Assim, um dia ele chegou à escola com seus amigos, ministros e servos.

Quando chegou à porta, escutou pratos batendo, tambores ressoando, trombetas retumbando, clarinetas assoviando – os sábios recitavam trechos de livros sagrados a plenos pulmões. Os artesãos, trabalhadores, ferreiros, escritores, estudiosos, funcionários e supervisores, além de seus pais e mães, aplaudiram o Rei.

O sobrinho perguntou: – Majestade, o que acha disso tudo?

O Rei respondeu: – Maravilhoso! Que bela comoção!

O sobrinho disse: – Não apenas comoção, mas muitos recursos.

Satisfeito, o Rei se afastou e estava prestes a montar em seu elefante quando um crítico, que estava escondido atrás de um arbusto, se manifestou: – Alteza, o senhor viu a ave?

O Rei ficou surpreso: – Oh, meu Deus! Eu me esqueci! Preciso ver a ave!

Ele voltou e disse ao especialista: – Preciso ver os métodos que você usa para ensinar a ave.

Os métodos foram mostrados. E o deixaram muito feliz. Os métodos eram tão complexos que o papagaio quase não foi visto. Na verdade, não havia necessidade de ver o papagaio. O Rei compreendeu que os passos eram complexos Não havia grãos nem água dentro da jaula – apenas montes de páginas cheias de texto que estavam sendo enfiadas goela a baixo com um espinho. Não havia espaço nem mesmo para que a ave desse um pio, muito menos cantar. Era uma imagem inspiradora.

Dessa vez, quando o Rei montou no elefante, ele instruiu seus servos para que ignorassem os críticos.

Conforme os dias se passaram, a ave se tornou cada vez mais apática. Os homens que cuidavam dela perceberam que as coisas não estavam melhorando mesmo. Ainda assim, por força do hábito, o papagaio olhou para o sol da manhã e bateu as asas da maneira mais estranha. Em alguns dias, ele até tentava bicar pelas barras da jaula, com seu bico torto.

O Ministro de Assuntos Civis perguntou: – O que é esta maluquice?

O ferreiro foi chamado. Ele chegou com seu martelo e equipamentos. Que estardalhaço foi feito! Correntes de ferro foram feitas para as patas do papagaio e as asas da ave também foram aparadas.

Todos da família do Rei balançaram a cabeça e disseram: – Neste reino, as aves não apenas são estúpidas, mas também mal-agradecidas.

E então os especialistas apareceram com suas tampas e porretes e fizeram um barulho bem alto.

Os negócios do ferreiro começaram a prosperar tanto que sua esposa ostentava joias de ouro e o Rei recompensou o Ministro dos Assuntos Civis por sua perspicácia.

O papagaio morreu. Ninguém soube exatamente quando isso ocorreu.

As pessoas espalharam a notícia: – A ave morreu!

O Rei mandou chamar seu sobrinho: – O que as pessoas estão dizendo, meu sobrinho?

O sobrinho respondeu: – Alteza, o adestramento da ave está concluído.

O Rei perguntou: – Ele salta de um lado a outro agora?

O sobrinho disse: – Deus o livre!

– Ele voa?

– Não.

– Ele canta?

– Nunca.

– Ele grita quando está com fome?

– De jeito nenhum.

O Rei disse: – Traga-o aqui, quero vê-lo.

O papagaio foi levado, acompanhado por ministros, guardas e sentinelas.

O Rei tocou a ave. Ela não abriu a boca nem fez qualquer som. Mas as folhas de papel não paravam de fazer barulho em seu estômago.

Do lado de fora, folhas verdes eram balançadas na brisa suave da primavera – e ressoaram no céu numa nota repleta de sentimento.

O epílogo

Na terra de Bhoja, a menina que cantava no templo todas as manhãs tinha sido abandonada. O músico relembrou que bem tarde da noite, quase de madrugada, uma nota estranha havia entrado pelos seus ouvidos. Na manhã seguinte. Quando foi para a floresta com sua cesta para colher flores, encontrou um bebê embaixo das árvores.

O músico recolheu com cuidado e delicadeza, e o criou com amor. Aprenderia a cantar antes de dizer sua primeira palavra.

Agora, o músico era velho, sua voz estava fraca e ele não enxergava muito bem. A menina cuidava dele como cuidaria de um filho.

Muitos jovens viajavam de muito longe para escutá-la cantar. Isso fazia com que o músico sentisse um certo temor. Ele dizia: – Quando o caule perde a raiz, a flor cai ao chão.

A menina disse: – Não posso viver nem um momento sem vê-lo.

Ele acariciou o rosto e os cabelos dela, dizendo: – A música que saiu de mim encontrou um porto seguro dentro de você. Se você me abandonar, perderei tudo o que construí em minha vida.

Na lua cheia de Holi, a festa das cores, Kumarsen – o discípulo do mestre músico – colocou um botão de flor de manga recém-aberto aos pés dele de modo reverente e disse: – Ganhei o coração de Madhavi. Agora, se nos permite, gostaríamos de servir a seus pés, juntos.

As lágrimas do mestre rolaram livremente quando ele disse: – Busquem minha *tambura* e vocês dois devem se sentar na minha frente como fariam um rei e sua rainha.

O mestre tocou a *tambura* e cantou a seus acompanhantes. Foi a melodia do casamento, em Sahana Ragini. Ele disse: – Neste dia, cantarei minha última música.

Ele cantou uma parte. Mas a canção se recusava a continuar – ela tremia e caía, como uma flor delicada que não aguenta o peso de gotas de chuva. Por fim, ele entregou a *tambura* a Kumarsen e disse: – Rapaz, eu lhe dou minha *tambura*. E então ele pegou a mão de Madhavi e a colocou em cima da mão do jovem. – E também a minha vida.

Então ele disse: – Por que não terminam minha canção juntos? Quero ouvi-los cantar.

Madhavi e Kumarsen começaram a cantar – era como a música do céu e da lua cheia.

A canção foi interrompida pela chegada do mensageiro real. O músico estremeceu quando perguntou: – Qual é o desejo da majestade dele?

O mensageiro disse: – A sua filha tem muita sorte. O Rei pediu que chamassem sua filha.

O mestre perguntou: – Mas o que ele deseja?

O mensageiro disse: – Ao final desta noite, a princesa partirá para o Camboja, onde seu marido vive – Madhavi deve acompanhá-la.

A noite terminou e a princesa começou sua jornada.

A Rainha chamou Madhavi e disse: – Eu dou a você a tarefa de manter minha filha feliz o tempo todo, em sua casa distante.

Não havia uma lágrima nos olhos de Madhavi, mas o sol brilhava no céu.

A carruagem real da princesa foi na frente e a de Madhavi seguia atrás. Estava coberta com um manto de veludo e sentinelas as protegiam dos dois lados.

Quando passaram, ao lado, o mestre músico deitou-se no chão como um galho, e Kumarsen ficou em pé como uma árvore.

As aves cantavam na árvore e o odor de botões de flores de manga tomava o ar. Um suspiro coletivo foi dado por todas as pessoas no palácio, desejando que a princesa, nem mesmo por um instante que fosse em qualquer noite de início de verão, sentisse saudade de casa.

A repetição

As notícias do campo de batalha daquele dia eram ruins. O Rei foi caminhar pelo pátio com o coração pesaroso.

Ele percebeu a presença de uma menininha e de um menininho brincando embaixo de uma árvore perto das paredes do jardim.

O Rei perguntou a eles: – De que estão brincando?

Eles responderam: – Estamos brincando de exílio de Rama e Sita.

O Rei sentou-se ao lado deles.

O menino disse: – Esta é nossa floresta Dandaka e eu estou construindo uma cabana aqui.

Ele havia reunido um monte grande de palha, grama e galhos quebrados e estava muito ocupado.

Enquanto isso, a menina havia colocado folhas e grama dentro de uma tigela e as mexia em cima de um fogão sem chama em suas bocas. Estava na hora do lanche de Rama, e Sita estava tão ocupada que não podia desperdiçar nem um minuto.

O Rei disse: – Bem, todo o resto parece estar aqui, mas onde está o demônio?

O menino teve de admitir que havia algo faltando na floresta de Dandaka.

O Rei disse: – Tudo bem, posso ser o demônio.

O menino olhou para ele com seriedade e disse: – Mas o senhor terá de perder.

O Rei disse: – Sou muito bom em perder. Pode testar.

O demônio era interpretado tão bem que o menino não queria deixar o Rei partir. Ao longo de uma manhã, o Rei teve de morrer as mortes de dez ou doze demônios, sozinho. Ele estava esgotado por morrer tantas vezes.

Naquele dia, as aves piaram dos galhos da mesma maneira que piavam em Panchavati na época de Rama e Sita. A luz da manhã ressoava sua melodia pelas folhas verdes da mesma maneira que havia ocorrido em Treta Yuga, em tempos idos.

O peso saiu do coração do Rei.

Ele chamou o Ministro e disse: – De quem são essas crianças?

O Ministro respondeu: – A menina é minha filha, seu nome é Ruchira. O menino se chama Kaushik, seu pai é um brâmane e faz adoração no templo.

O Rei disse: – É meu desejo que, quando o tempo chegar, este menino e esta menina se casem.

O Ministro não disse nada. Apenas abaixou a cabeça de maneira submissa.

O Rei mandou Kaushik para ser ensinado pelo mais sábio especialista na terra. Todas as crianças das nobres casas foram à escola, assim como Ruchira.

No dia em que Kaushik foi à escola, o professor não ficou muito feliz. Os outros também ficaram um pouco embaraçados. Mas era o desejo do Rei.

Ruchina era a mais envergonhada de todos. As crianças cochichavam e inventavam histórias, ela corava de vergonha e chorava irritada.

Quando Kaushik lhe entregava um livro, ela o afastava; quando ele falava com ela sobre a escola, ela não respondia.

E o professor gostava muito de Ruchira e estava determinado a fazer com que ela superasse Kaushik em todas as matérias e Ruchira tinha o mesmo objetivo em mente.

Parecia que a tarefa seria fácil de realizar – Kaushik estudava, mas não com muita concentração. Ele gostava de nadar, de caminhar pela floresta, de cantar e de tocar música.

O professor o repreendia: – Por que você não se dedica mais aos estudos?

Ele respondia: – Presto atenção a muito mais coisas além de livros.

O professor disse: – Abandone esses interesses.

Ele respondeu: – Mas, assim, perderei interesse também em meus estudos.

E então os dias passaram.

O Rei perguntou ao professor: – Quem é o melhor de seus alunos?

O professor respondeu: – Ruchira.

O Rei perguntou: – E Kaushik?

O professor disse: – Não acredito que ele tenha aprendido qualquer coisa que seja.

O Rei disse: – Gostaria que Kaushik se casasse com Ruchira.

O professor sorriu e disse: – Seria como tentar casar a noite com o dia.

O Rei chamou o Ministro e disse: – Não devemos esperar muito para casar sua filha com Kaushik.

O Ministro respondeu: – Majestade, minha filha não concorda com esse casamento.

O Rei perguntou: – É possível saber o que pensa uma mulher?

O Ministro disse: – Ela também chora.

O Rei perguntou: – Ruchira considera que ele não é digno de se casar com ela?

O Ministro respondeu: – Sim, acho que sim.

O Rei disse: – Quero ver os dois em minha presença, para um teste de conhecimento. Se Kaushik ganhar, os dois devem se casar.

No dia seguinte, o Ministro se aproximou e disse: – Minha filha concorda com esse teste.

O encontro foi feito. O Rei sentou-se em seu trono e Kaushik se sentou a seus pés.

O professor entrou com Ruchira. Kaushik ficou em pé, tocou os pés e a cumprimentou com as mãos unidas. Ruchira não olhou para ele.

Nem mesmo na escola Kaushik havia competido com Ruchira. Os outros alunos também nunca o confrontaram. Então, naquele dia, quando o brilho da esperteza surgiu nos olhos dele como um raio de luz refletido na ponta de uma flecha, o professor ficou surpreso e irritado.

A testa de Ruchira brilhava pelo suor e ela perdeu a compostura. Kaushik a levou à beira da derrota e então a polpou.

A fúria tomou conta do professor e lágrimas escorriam pelo rosto da menina.

O Rei disse ao Ministro: – Então agora, o senhor pode determinar uma data para o casamento.

Kaushik ficou em pé, uniu as mãos diante do Rei e disse: – Perdoe-me, mas não concordo com esse casamento.

Surpreso, o Rei perguntou: – Não deseja aceitar o prêmio por sua vitória?

Kaushik respondeu: – A vitória pode ser minha, mas o prêmio pode ser dado a outra pessoa.

O professor disse: – Majestade, dê-me mais um ano. O teste final pode ser feito depois desse prazo.

Com aquela decisão, o encontro terminou.

Kaushik saiu da escola. Ele era visto na mata em alguns dias e no topo de montanhas algumas noites.

Enquanto isso, o professor dava atenção total ao treinamento de Ruchira.

Mas onde estaria a atenção de Ruchira?

Irritado, o professor disse: – Se você não prestar atenção agora, terá de aceitar a derrota pela segunda vez.

Mas ela parecia estar em busca de uma segunda derrota. Sua desatenção era constante. Os livros sobre filosofia nunca eram abertos e os de poesia raramente eram lidos.

Enfurecido, o professor disse: – Em nome dos antigos sábios que eu respeito, nunca mais aceitarei uma menina como aluna. Já decifrei o mistério de Vedas e Vedantas, mas nunca conseguirei entender o que se passa na mente de uma mulher.

Um dia, o Ministro se aproximou do Rei e disse: – Um pedido de casamento foi feito à minha filha, vindo da casa dos Bhavadatta. Em berço, classe e riqueza, ninguém os supera. Peço a permissão de vossa Majestade.

O Rei perguntou: – O que sua filha acha disso?

O Ministro perguntou: – É possível saber o que uma mulher pensa?

O Rei perguntou: – E as lágrimas dela? O que indicam?

O Ministro ficou em silêncio.

O Rei foi ao jardim e se sentou. Ele disse ao Ministro: – Traga sua filha a mim.

Ruchira foi até o Rei, fez uma reverência para demonstrar respeito e ficou de lado.

O Rei disse: – Menina, você se lembra daquela brincadeira do exílio de Rama?

Ruchira sorriu e baixou o olhar.

O Rei disse: – Hoje meu coração deseja ver aquela brincadeira de novo.

Ruchira levou a ponta da roupa à boca e ficou ali, em silêncio.

O Rei disse: – A floresta está ali, assim como Rama, mas soube que desta vez não há Sita. Se quiser, essa falta pode ser reparada.

Ruchira nada disse, mas ela se ajoelhou para tocar os pés do Rei.

O Rei disse: – Mas, menina, desta vez eu me recuso em ser o demônio.

Ruchira olhou para os pés dele com bom humor.

O Rei disse: – Desta vez, o demônio será interpretado pelo seu professor.

Histórias de
Homens e Mulheres

Libertação

Ele era um homem que desejava que a humanidade fosse para o céu. Havia passado muitos anos em sofrimento e finalmente havia descoberto o segredo da vida eterna. Agora, ele só precisava entoar seu cântico secreto enquanto orava, e um dia conseguiria o paraíso para todos os homens.

À beira da floresta, vivia uma menina que colhia lenha. Geralmente ela trazia frutos escondidos em seu sari e a água do tiú em uma cuia feita com folha de lótus, enquanto isso gradualmente, seu sofrimento foi aumentando e ele foi deixando de aceitar comida – as aves bicavam as frutas não comidas.

Muitas semanas se passaram. Até mesmo a água das folhas secava, nunca chegando a seus lábios.

A menina que recolhia lenha disse: – O que devo fazer? Meus esforços são em vão!

Ela começou a arrancar flores e as deixou aos pés do ermitão – ele não sabia nada sobre elas.

Ao meio-dia, com o sol a pino, ela ergueu a ponta de seu sari e o protegeu fazendo sombra. Mas para o ermitão não havia qualquer diferença entre o sol e a sombra.

Em noites de lua nova, quando a floresta ficava totalmente escura, a menina se sentava ao lado dele. Apesar de o ermitão não ter nada a temer, ela ficava ali cuidando dele.

Antes, sempre que o ermitão encontrava a menina, ele perguntava de modo carinhoso: – Como você está?

Ela respondia: – Ah, para mim as coisas são sempre iguais. Mas não há ninguém para cuidar de você? Uma mãe ou uma irmã?

Ele disse: – Tenho essas pessoas, mas por que elas cuidariam de mim? Conseguiria afastar a morte?

A menina respondeu: – A vida não é eterna. Por isso é tão preciosa.

Ele disse: – A minha busca é pela vida eterna, eu procuro a imortalidade. Ele disse muitas outras coisas, a respeito de seus pensamentos e de seus diálogos consigo mesmo, mas quem entenderia aquilo?

A menina que apanhava lenha não entendeu uma palavra, no entanto seu coração sentiu um arrepio, como uma ave que escuta o primeiro trovão anunciando uma tempestade.

Muitas semanas se passaram, os olhos do ermitão se fecharam e ele nunca mais olhou para a menina. Ela sentia que havia muita meditação a ser feita entre ela e o ermitão. Nem mesmo em mil anos ela poderia imaginar que fecharia aquele espaço entre eles, aproximando-se dele.

Então ela decidiu esquecer aquele sonho. Sentiu vontade de chorar e disse a si mesma: – Ainda que ele me pergunte apenas "Como você está?" uma vez por dia, posso manter-me com essas palavras. – Talvez se ele desse uma mordida na fruta, tomasse um gole de água, ela conseguiria manter-se.

Enquanto isso, os boatos de que um homem queria transcender a mortalidade e entrar no paraíso chegaram aos ouvidos de Indra, o rei dos deuses.

Indra vociferou enquanto seu coração tremia de medo. Ele disse: – Os demônios quiseram conquistar o paraíso com muita força e nós conseguimos lutar contra eles, mas se um homem quiser conquistar o paraíso com a força de seu sofrimento, o que vamos fazer?

Ele chamou Menaka, a ninfa celestial e disse: – Vá e termine com a penitência dele.

Menaka disse: – Oh, Rei, se o senhor usar os recursos dos céus para derrotar um homem, isso refletirá de modo negativo. Será que nenhuma mulher do mundo tem o poder de derrubar esse homem?

Indra disse: – Você tem razão.

Com a chegada da primavera, a brisa suave tocou as plantas e os botões surgiram por todos os lados. Uma brisa fresca também passou pela menina que coletava lenha e seu ser foi tomado por uma intranquilidade fervente e doce. Seus pensamentos foram arrastados pelo vento como abelhas agitadas com o cheiro do melhor.

Naquele momento, uma parte da meditação do ermitão terminou. Agora, ele teria de ir a uma caverna escondida. Ele abriu os olhos.

Diante dele estava a menina, com uma flor vermelha em seus cabelos e o sari tomado por pó de pólen amarelo. Ela parecia familiar, mas ele não a reconheceu. Era como se ele reconhecesse a melodia de uma canção, mas não sua letra. Ela era como um traço de tinta que o artista, de repente, por capricho, havia enchido de cor.

O ermitão ficou em pé e disse: – Estou partindo para um local distante.

A menina perguntou: – Mas por quê, meu senhor?

Ele disse: – Porque preciso concluir minha penitência.

A menina que pegava lenha uniu as mãos e perguntou: – Por que vai me privar do privilégio de vê-lo todos os dias?

O ermitão se sentou e, pensou por muito tempo. Não disse mais nada.

Quando seu pedido foi realizado, a menina sentiu uma pontada no coração. Ela pensou: "Sou um ser humano normal. Por que minhas palavras puseram fim ao trabalho dele?".

Aquela noite, enquanto estava sentada na grama, sem pregar os olhos, começou a sentir medo de si mesma.

Na manhã seguinte, ela levou frutas a ele; o ermitão as pegou de suas mãos. Quando ela trouxe água em uma cuia de folha, ele a bebeu no mesmo instante, e sentiu o prazer percorrer-lhe as veias.

Mas no instante seguinte, sob a sombra da árvore perto do rio, suas lágrimas rolaram sem parar. Só ela conhecia seus próprios pensamentos.

No dia seguinte, ela se curvou diante do ermitão e disse: – Meu Senhor, quero sua bênção.

O ermitão perguntou: – Mas por quê?

A menina respondeu: – Estou indo para um local distante.

O ermitão disse: – Vá, e que você seja bem-sucedida em sua missão.

Um dia, a penitência do ermitão terminou. Finalmente, ele havia atingido seu objetivo.

O ermitão disse: – Nesse caso, não quero o céu.

Indra perguntou: – Então, o que quer?

O ermitão respondeu: – A menina que reúne lenha na floresta.

Entrega

A menina pesarosa se sentou em um canto do jardim, e montou um pedestal sobre o qual pudesse esculpir um ídolo. A cada dia que passava, ela melhorava a forma, dando mais contornos à imagem que ocupava seu coração. Todos os dias, ela olhava para ele, pensava nele e derrubava mais lágrimas.

Mas o rosto que antes era tão nítido em seu coração começou a ficar mais fraco dia a dia. Como a flor de lótus à noite, as pétalas da lembrança gradualmente se fechavam.

A menina estava irritada e envergonhada de si. Trabalhava com afinco e vivia como uma santa. Sustentava-se com frutas e água. Sua cama era feita no chão com montes de palha.

Conforme ela esculpia a imagem de acordo com sua lembrança, não era mais uma réplica, não era mais o rosto de uma pessoa especial. Quanto mais ela tentava, mais sumia de sua lembrança o original.

Então ela decorou o ídolo com ornamentos e joias. Ela o adorou com 108 flores de lótus e acendeu uma lamparina fragrante diante dele à noite – a lamparina era feita de ouro e o óleo fragrante vinha da terra. Conforme os dias foram passando, os ornamentos só aumentavam em quantidade e as oferendas eram amontoadas e ficaram mais altas do que o pedestal e a estátua já não estava mais visível.

Um menininho se aproximou dela e disse: – Queremos brincar.
– Onde?
– Ali, onde você montou sua casinha de boneca.
A menina o afastou: – Não, não... você nunca vai brincar aqui.
Outra criança se aproximou dela, e disse: – Queremos colher flores.
– De onde?
– Daquela árvore que fica diante de sua casa de boneca.
A menina também o afastou.: – Ninguém pode tocar nessas flores.
Outro menininho se aproximou e disse: – Por favor, erga essa lamparina e ilumine nosso caminho.
– Que lamparina?
– Aquela com que ilumina sua casa de boneca... ali.
A menina o afastou. – A lamparina não pode ser retirada dali.
Quando um grupo de meninos saiu dali, outro chegou no lugar.
A menina escutou o barulho que eles faziam, observou enquanto brincavam. Por um momento, seu pensamento se perdeu. Mas logo ela retomou a razão, envergonhada de si mesma.
O dia da feira se aproximava.
Seu vizinho, o velho, se aproximou e disse: – Você não vai à feira, menina?
Ela disse: – Não vou a lugar algum.
Sua amiga se aproximou e disse: – Vamos à feira.

Ela respondeu: – Não tenho tempo.

Uma menininha se aproximou e disse: – Por favor, pode levar-me à feira com você?

A menina respondeu: – Não posso ir, minha *puja* está bem aqui.

Certa noite, ela escutou um som em seus sonhos, como o ronco de mil mares. Milhões de homens de diferentes países estavam passando por ali – alguns a cavalo, alguns a pé, alguns com cargas nas costas e outros de mãos vazias.

Quando ela despertou no dia seguinte, o canto dos homens abafava o piar das aves. De repente, ela sentiu: – Também devo ir.

Mas então ela se lembrou: – Tenho minha *puja*, minha adoração, e não posso ir de jeito nenhum.

No mesmo instante ela correu para o jardim, no ponto onde havia colocado seu ídolo.

Mas onde estava o ídolo? O caminho estava aberto até o pedestal – muitas pessoas caminhavam por ele – sem tempo para descansar.

– Onde está o ídolo que eu havia colocado aqui?

Uma voz sussurrou em seu coração: – Ele está aqui, entre as pessoas que caminham.

Nesse momento, uma criança se aproximou e disse: – Pode segurar minha mão e me levar com você?

– Para onde?

A criança disse: – Você não vai à feira?

Ela disse: – Sim, vou.

O pedestal diante do qual ela se sentou em silêncio certa vez, agora havia se tornado o caminho sob seus pés. Aquele que ela havia perdido no ídolo esculpido, ela redescobriu no meio de um rio sem fim de viajantes.

A nova onda

Havia um velho artista talentoso que apenas fazia bonecas, com as quais as meninas do vilarejo pudessem brincar.

Todos os anos, uma feira de bonecas era realizada no pátio do palácio. Ao final da feira, já tinha se tornado costume que os artesãos homenageassem o velho artista como o melhor entre eles.

Quando o artista tinha quase oitenta anos, um novo artista chegou à feira. Seu nome era Kishanlal, era jovem e trouxe uma nova onda consigo.

Quando fazia as bonecas, deixava algumas incompletas, e outras ele não pintava totalmente. Elas pareciam não ter sido terminadas, como se nunca fossem ser completadas.

Os jovens mais jovens diziam: – Ele é muito audacioso!

Os homens mais velhos diziam: – Isso não é audácia! É imprudência!

Porém, tempos modernos traziam mais exigências. As jovens donzelas da época diziam: – Queremos essas bonecas.

Os velhos servos que as acompanhavam diziam: – Bobagem!

Mas isso apenas fazia com que as moças ficassem mais determinadas a comprarem as bonecas.

Logo, não havia mais pessoas na oficina do homem velho. Suas cestas de bonecas permaneciam paradas, como pessoas na beira de um rio esperando por um barqueiro que as levasse ao outro lado.

Quase três anos se passaram e todos pareceram esquecer o velho artista. Kishanlal era o novo rei da feira de bonecas no pátio do palácio.

O velho estava em uma situação ruim e sua renda havia caído drasticamente. Por fim, sua filha se aproximou e disse: – Venha viver conosco.

Seu genro disse: – Coma, durma e descanse... e apenas cuide para que meu gado não entre nas plantações.

A filha do senhor se mantinha ocupada o dia todo na casa. Seu genro fazia montes de feno e os levava à cidade. Mas o senhor se recusava a admitir que os tempos estavam mudando, assim como não percebeu que sua neta tinha agora dezesseis anos.

Quando o senhor se sentava à sombra de uma árvore, cuidando das plantações e cochilando de vez em quando, sua neta passava por ali e o abraçava por trás. O senhor sentia seu coração invadido por alegria. Ele disse: – Diga ao vovô o que quer?

Ela respondeu: – Quero algumas bonecas... quero brincar com elas.

O avô disse: – Oh, não, minhas bonecas não vão agradá-la.

A menina disse: – Mas quem pode fazer bonecas melhor do que o senhor?

Ele disse: – Kishanlal, é claro.

Ela disse: – Que nada! Deixe Kishanlal tentar ser melhor!

Os dois sempre trocavam essas frases, muitas vezes.

Mais tarde, o senhor pegou seus materiais de dentro de sua bolsa e colocou os óculos de aro arredondado sobre o nariz. Ele disse à neta: – Mas as aves atacarão o milho.

Ela disse: – Vovô, vou cuidar para que isso não ocorra.

O dia passou. O som dos baldes tirando água do poço foi ouvido por eles; a neta afastava os corvos enquanto o senhor ficava sentado fazendo as bonecas.

O senhor tinha medo de sua filha, pois ela era muito rígida e todos na casa procuravam se comportar bem perto dela.

Um dia, o senhor estava distraído com seu artesanato, fazendo as bonecas; ele não viu a filha olhando para elas. Quando ela se aproximou e o chamou, ele tirou os óculos do nariz e olhou para ela com surpresa, inocentemente.

A filha disse: – As vacas precisam ser ordenhadas e o senhor mantém Subhadra aqui o dia todo. Ela já está grande. Não acha que não tem mais idade para bonecas?

Ele respondeu: – Subhadra não vai brincar com elas. Vou vendê-las no palácio. Quando o noivo de minha Subhadra chegar, preciso colocar um colar de moedas de ouro no pescoço dela. Quero guardar dinheiro para isso.

Sua filha estava impaciente. – Quem vai comprar essas bonecas no palácio?

O senhor abaixou a cabeça, envergonhado e ficou ali, sentado, sem nada dizer.

Subhadra balançou a cabeça e disse: – Cuidarei para que comprem as bonecas do vovô no palácio!

Dois dias depois, Subhadra levou um monte de ouro à sua mãe e disse: Aqui está o dinheiro da venda das bonecas do vovô.

A mãe perguntou: – Onde você conseguiu isso?

Subhadra disse: – Vendi as bonecas no palácio.

O senhor sorriu de alegria ao dizer: – Tudo isso quando o vovô mal consegue enxergar e sua mão treme enquanto pinta.

A filha estava feliz e disse: – Dezesseis dessas moedas de ouro e podemos fazer um colar para Subhadra.

O homem disse: – Considere que já está feito.

Subhadra abraçou o avô e disse: – Vovô, não haverá problema para meu noivo com o senhor aqui!

O avô sorriu ao secar uma única lágrima de seu olho.

O senhor sentiu sua juventude voltando. Sentou-se à sombra de uma árvore, fazendo bonecas enquanto Subhadra afastava os corvos e, com os baldes, pegava água de dentro do poço a distância.

Uma por uma, dezesseis moedas de ouro foram unidas e o colar foi completado. A mãe de Subhadra disse: – Agora, só precisamos de um noivo.

E sussurrou no ouvido do avô: – Vovô, meu noivo está pronto.

Ele perguntou a ela: – Diga-me, vovó, onde encontrou seu noivo?

Subhadra disse: – No primeiro dia, quando entrei no palácio, o sentinela perguntou o que eu queria. Eu disse que queria vender bonecas às princesas. Ele disse que as bonecas não tinham utilidade atualmente e me mandou de volta. Um homem me viu chorando. e disse: "Entregue-me essas bonecas. Vou dar-lhes uma nova aparência e elas, serão todas vendidas". Vovô, se o senhor aprovar esse jovem, quero casar-me com ele.

O senhor perguntou: – Onde está esse jovem?

A neta respondeu: – Ali está ele, embaixo da árvore.

O jovem entrou na sala. O senhor disse: – Mas esse é Kishanlal!

Kishanlal tocou os pés do senhor com reverência e disse:

– Sim, sou eu.

O senhor o abraçou e disse: – Meu filho, um dia você tirou as bonecas de minhas mãos e hoje você veio tirar a boneca de meu coração!

A neta abraçou o senhor e sussurrou em seu ouvido. – Vovô, o senhor também vai conosco!

Minu

M inu cresceu perto de Bengala e na infância, ela costumava roubar as frutas das árvores que ficavam perto do rio. Como amigo, ela tinha um velho camponês que arrancava as ervas daninhas das plantações.

Quando cresceu, casou-se com um homem que vivia em Jaunpur. Teve um filho que morreu no parto e os médicos disseram que a vida dela também estava em risco.

Por isso, segundo eles, ela tinha de ser levada a Calcutá.

Ela ainda era muito jovem e sua vida estava presa àquela terra como frutas pequenas e frescas se prendem a uma árvore. Ela gostava de tudo o que era pequeno, verde, vivo e jovem.

O pequeno quintal diante de sua casa era seu jardim e as plantas dali eram como seus filhos. Nesse local, ela havia plantado um canteiro de flores selvagens ao lado da cerca e agora, quando parecia que os brotos estavam prontos para florescer, teria que arranca-los dali e começar de novo em sua nova casa.

Todos os cachorros de rua do bairro eram recebidos em sua casa e o que ela mais gostava tinha um focinho arredondado e se chamava Blunty. Ela estava confeccionando uma coleira de contas vermelhas para Blunty, mas ainda não havia terminado. O vizinho perguntou: – Didi, por que não leva este com você?

O marido de Minu disse: – Deixa pra lá, seria trabalho demais.

Minu descansava em seu quarto no primeiro andar de sua casa em Calcutá, com a empregada Bihari falando sem parar. Às vezes, Minu escutava e outras vezes, perdia o interesse.

Certa noite, Minu não conseguia dormir. Quando o céu rosado da madrugada tomou o espaço da escuridão, ela viu que a árvore sob sua janela estava carregada de flores e o leve odor delas passou por sua janela, como se perguntasse: "Como vai você?".

A árvore que parecia cansada e como uma criança muda, havia conseguido se enfiar no muro entre a casa de Minu e a de seu vizinho, sedenta por um pouco de luz do sol, parecendo um pouco perdida. Minu costumava despertar quando o dia estava pela metade, cansada e frágil. Ela nunca havia visto a árvore florescida antes. Como amava árvores, implorou para a empregada: – Pelo amor de Deus, cave a terra ao redor daquela planta e a regue bem.

Mas o mistério da planta que nunca tinha uma flor durante o dia logo foi resolvido.

Alguns dias depois, quando os primeiros raios de sol estavam tocando a terra, como a flor de lótus meio desabrochada emerge da água, um brâmane chegou com sua cesta e começou a balançar a árvore como se quisesse arrancar-lhe algo.

Minu pediu a sua empregada: – Por favor, tire aquele brâmane dali.

Quando ele chegou, Minu uniu as mãos e fez uma reverência. Em seguida, perguntou: – Oh, brâmane, para quem colhe essas flores?

Ele respondeu: – Para Deus.

Minu disse: – Mas foi Deus quem me deu essas flores.

– Deu a *você*!?

– Sim, a mim. Ele não pode ter me dado um presente que tomaria de volta, certo?

O brâmane se afastou, franzindo o cenho.

Mas, na manhã seguinte, ele voltou até à árvore, chacoalhando-a com toda a sua força. Minu chamou a empregada e disse: – Santo Deus, não posso mais ver isso. Mude a minha cama, coloque-a no quarto ao lado.

De frente para a janela do quarto ao lado, ficava a casa de quatro andares dos Roychowdhury. Um dia, Minu levou o marido à janela e disse: – Olhe, olhe, apenas olhe para o filho deles... ele é tão lindo! Pode pegá-lo e colocá-lo em meu colo só por um momento?

O marido disse: – Por que eles mandariam o filho para a casa de um homem pobre?

Minu disse: – Preste atenção ao que está dizendo! Riqueza ou pobreza não importa a uma criança. Todos os colos são o colo da luxúria para elas!

O marido voltou e disse: – O porteiro não me deixou entrar para conversar com o Sr. Roychowdhury.

Na manhã seguinte, Minu pediu para chamarem a empregada: – Veja, veja, ele está brincando sozinho no jardim. Corra e coloque este doce na mãozinha dele.

À noite, seu marido voltou e disse: – Eles estão muito bravos.

– Por quê, o que houve?

– Eles disseram que se a empregada for ao jardim de novo, chamarão a polícia.

Lágrimas escorreram de seus olhos quando Minu disse: – Eu vi... eu vi tudo... Eles tiraram o doce da mão dele e bateram nele. Não posso viver neste lugar. Por favor, leve-me embora daqui!

A casa do outro lado

Ajanela dava vista para a rotina da casa ao outro lado. A imagem emergia por meio de linhas e espaços, o visto e o imaginado.

Um dia, os livros continuaram fechados enquanto Banamali observava o que ocorria na casa do outro lado. Haviam dois novos rostos entre as pessoas familiares e os detalhes da casa. Um era de uma viúva idosa e outro era o de uma menina de dezesseis ou dezessete anos.

A idosa estava sentada perto da janela, arrumando o cabelo da menina e lágrimas escorriam pelo rosto da garota.

Outro dia, a idosa estava ausente e a menina se curvou sobre uma velha fotografia à fraca luz do entardecer e limpou a moldura com o sari.

Aos poucos, a sua rotina diária da menina podia ser vista através das barras da janela – ela segurou o crivo em seu colo enquanto limpava o campo de arroz; partiu ao meio a noz de areca; depois do banho, ela escovou os cabelos com a mão esquerda para afastar as gotas de água; colocou as almofadas ao sol para que tomassem um ar.

À tarde, os homens estavam todos trabalhando. Algumas mulheres dormiam e outras jogavam cartas. O gorjeio dos pombos no terraço ficou mais fraco. A menina se sentou na varanda, com as pernas esticadas, e leu. Em alguns dias, ela segurava um pedaço de papel sobre o livro e escrevia. Seus cachos, desfeitos, caíam-lhe sobre as têmporas e enquanto seus dedos percorriam, pareciam sussurrar nos ouvidos da carta que ela estava escrevendo.

Um dia, houve uma pausa. Ela havia escrito um pouco e agora brincava com a caneta. Um corvo bicava uma manga meio comida e brincava com um galho no muro.

De repente, foi como se uma nuvem escura e grossa tivesse aparecido atrás da lua distraída, engolindo-a. A visitante era mais velha e nos pulsos gordos ostentava grossas pulseiras. Seu cabelo era dividido ao meio e a divisão tinha uma marca vermelha.

Ela pegou a carta não terminada das mãos da menina – a águia atacando a pomba.

Depois disso, a menina não mais foi vista na varanda. Às vezes, tarde da noite, às vezes em qualquer momento do dia, escutava-se sons vindos da casa indicando que um grande terremoto estava ocorrendo ali dentro, ameaçando ruir as bases da casa.

Enquanto isso, por meio das barras da casa, ainda era possível vê-la limpar os quadros – de vez em quando ela ia em direção à pia do lado de fora com tigelas para lavar.

Alguns dias se passaram. Era uma noite de outubro, as lamparinas no terraço brilhavam e a fumaça da construção subiu como uma cobra pronta para enforcar o céu. Banamali voltou para casa e abriu a janela dele e percebeu a menina em pé no terraço, com as mãos unidas em súplica. Sinos e címbalos tocavam ao fundo – o *aarti* da noite estava em progresso na casa dos Mullicks no canto mais distante da rua. Muito mais tarde, a menina se curvou e encostou a cabeça no chão diversas vezes em oração. E então, ela desceu.

Naquela mesma noite, Banamali escreveu uma carta. Ele saiu e a colocou na caixa de correspondência no mesmo instante. Mas ao se deitar na cama naquela noite, ele rezou com fervor para que a carta não chegasse ao destino. Na manhã seguinte, quando acordou, sentiu que não podia mexer os olhos para olhar para a casa do outro lado.

Naquele mesmo dia, Banamali partiu para Madhupur. Ele não contou a ninguém de sua casa aonde estava indo.

Ele voltou quando estava na hora de ir à escola. Era noite. A casa do outro lado estava na escuridão, fechada e trancada. Onde estavam todos eles?

Banamali disse a si mesmo: – Na verdade, foi tudo pelo bem.

Ele entrou no quarto e encontrou a mesa repleta de cartas. A última da pilha, no fundo, tinha um selo local e trazia seu nome e endereço escritos com uma caligrafia desconhecida, porém, obviamente feminina.

Ele ficou sentado ali, segurando a carta. Mas não a abriu. Ele a segurou contra a luz e tentou ler através do envelope. As palavras estavam apagadas, assim como a vida através de uma janela.

De repente, ele estava prestes a rasgar o envelope. Mas então colocou a carta em uma caixa e a trancou. Ele prometeu a si mesmo: "Nunca abrirei essa carta".

Pensamentos Aleatórios

Um dia

Uma certa tarde vem à mente: o fluxo infinito de chuva diminuindo de vez em quando e o sopro do vento aumentando-a de novo. O quarto estava escuro. Eu não queria trabalhar. Peguei a cítara e comecei a tocar Raag Malhar, uma música sobre a chuva.

Da casa ao lado, ela veio e se sentou na porta apenas uma vez e então voltou. Depois de um tempo, ela apareceu na entrada de novo. E então, lentamente, entrou. Segurava a agulha e o tecido, abaixou a cabeça e continuou costurando. Então parou e olhou pela janela, olhando diretamente para as árvores.

A chuva caiu e parou, minha música chegou ao fim e ela se levantou e saiu para arrumar os cabelos.

Não foi nada além disso: apenas uma certa tarde lavada com chuva, música, lazer e sombras.

Histórias de reis e imperadores, guerras e motins existem aos montes na história. Mas tais comunhões em certas tardes permanecem escondidas da caixa do Tempo como uma pedra preciosa e valiosa, seu segredo conhecido a apenas duas pessoas.

Primeira decepção amorosa

O caminho que se costumava fazer pela sombra da floresta está agora coberto de grama.

Naquela floresta, de repente alguém me chamou: — Você se lembra de mim?

Eu me virei e olhei para ela: — Eu me lembro de você — eu disse —, mas seu nome fugiu de minha mente.

Ela disse: — Eu sou sua decepção amorosa, a primeira. Eu ocorri quando você tinha 25 anos.

Seus cílios seguravam uma lágrima, como uma poça d'água iluminada pela luz da lua.

Eu fiquei em pé ali, surpreso. Perguntei: — Mas naquela época você era escura como as nuvens de chuva. Hoje, você é clara como o outono. Você perdeu todas as lágrimas daquele tempo?

Ela apenas sorriu levemente e nada disse. Eu percebi que tudo estava ali, naquele sorriso. As nuvens de chuva da monção haviam começado a sorrir como a gota de orvalho no outono.

Eu estava curioso: – A juventude que eu tinha aos 25 ainda continua com você?

Ela respondeu: – Dê uma olhada em meu colar.

Ela estava usando o mesmo colar daquele dia, de tantos anos antes. Percebi que todas as pétalas das flores da primavera ainda estavam ali.

Eu me perguntei: – Agora sou velho e cansado, mas o meu eu de 25 anos ainda está fresco como uma flor em seu colar.

Lentamente, ela tirou o colar do pescoço e o colocou no meu, dizendo: – Você se lembra. Você havia dito naquele dia que você não queria solidão, apenas a dor?

Envergonhado, eu disse: – Eu me lembro. Mas muitos anos se passaram e, ao longo do caminho, eu me esqueci.

Ela disse: – Mas sua decepção, que é um presente do destino, não esqueceu. Desde aquele dia, eu esperei na sombra, secretamente... você não vai me aceitar em seu coração?

Eu estiquei o braço para segurar a mão dela. – Você está linda hoje!

Ela disse: – A dor de ontem se tornou alegria hoje!

Diálogo imortal

As nuvens caíram em forma de gotas de chuva, para serem recebidas pela terra. Da mesma maneira, as meninas também desceram do céu, para serem contidas pelas regras desta terra.

O espaço destinado a elas é pequeno e seu círculo de conhecidos, limitado. Dentro desse espaço estabelecido, elas devem ficar – com todos os seus pensamentos, toda a sua dor e todas as suas ideias. Por isso, elas devem cobrir a cabeça com um véu, usar túnicas e se guardarem dentro de casa. As meninas são princesas celestiais do Paraíso dos Limites.

Mas por um truque da Providência, uma menininha vívida e inquieta nasceu em nossa vizinhança. Sua mãe perdia a paciência e a chamava de "Selvagem!". Seu pai ria e carinhosamente a chamava de "Maluca!".

Ela era um rio caudaloso, passando por cima das pedras da disciplina. Sua alma era como as folhas verdes nos galhos mais altos de uma árvore, balançando ao vento o tempo todo.

Mas hoje eu percebi que a menina estava perto do cercado de sua varanda e silenciosa como o arco-íris no fim de uma tempestade. Seus grandes e expressivos olhos pretos estavam tranquilos, como as asas encharcadas de chuva de uma ave sentada em um galho.

Eu nunca a vi tão ressentida. Era como se o rio houvesse fluído a um ponto, parando e se tornando um lago límpido.

Alguns dias antes, o sol estava forte e incansável, o horizonte estava pálido e as folhas estavam amarelas e caídas.

Mas, de repente, nuvens escuras e revoltas surgiram em um canto do céu. Um único raio do sol surgiu nele carregado como uma espada retirada da bainha.

No meio da noite, as portas estremeceram ao vento. A tempestade acordou o gigante adormecido que era a cidade e chacoalhou tudo com sua força.

Eu me levantei e vi que a luz da rua, na chuva torrencial, mais parecia com os olhos vidrados de um bêbado. O relógio da torre da igreja tocou entre os ruídos da chuva.

De manhã, a chuva caiu mais pesada – o sol não apareceu.

Em meio à tempestade, a menina de nossa vizinhança ficou em silêncio perto da cerca da varanda. Sua irmãzinha se aproximou e disse: – A mamãe está chamando você.

Ela apenas balançou a cabeça vigorosamente, fazendo com que seus cachos se remexessem. Seu irmãozinho se aproximou dela com um barquinho de papel e o colocou em suas mãos; ela afastou as próprias mãos. Porém, o irmão insistiu para que ela brincasse com ele. Ela lhe deu um tapa forte e o mandou embora.

A chuva continuou caindo. Tudo ficou escuro. A menina continuava em pé, parada e sem expressar qualquer reação.

Nos tempos antigos, a criação disse as primeiras palavras por meio da linguagem da água, na voz dos ventos. Depois de eras e eras, essas palavras ressurgiram além do perdão e chamaram a menina em meio às nuvens pesadas. Ela caminhou além dos limites prescritos e perdeu-se.

O tempo é colossal, o universo é imenso – as eras são vividas nesta terra por diversas criaturas ao longo de milhares de gerações. Essa expansão, essa vastidão se mostrava para a menina por intermédio da silhueta de nuvens e do fluxo da chuva.

Ela olhou para trás com os olhos grandes e expressivos e ficou em silêncio como uma sombra retirada da eternidade.

O jogo do nome

Ele começou a escrever poesia quando era muito pequeno. Com muito cuidado, ele desenhava margens douradas em seu caderno, decorando-as com flores e folhas e escrevia os poemas no meio, com tinta vermelha. E, com grande cerimônia, ele escreveu seu nome na capa: Sri Kedarnath Ghosh.

Um a um, ele começou a mandar os poemas para revistas. Mas eles nunca foram publicados.

Decidiu que quando ganhasse uma fortuna, publicaria a própria revista.

Quando seu pai faleceu, todos os idosos o aconselharam: – Procure conseguir um emprego. Não perca seu tempo escrevendo.

Rindo, ele continuou escrevendo. Um, dois, três: publicou três livros com seus poemas.

Pensou que os poemas causariam comoção. Mas não causaram.

Mas uma emoção forte ocorreu na mente de um leitor. Foi seu sobrinho.

Novo conhecedor do alfabeto, a criança lia em voz alta o livro que caísse em suas mãos.

Um dia, ele se aproximou correndo do tio, segurando um livro, totalmente animado. Exclamou: – Olha, tio, é o seu nome aqui!

O tio sorriu e beliscou o rosto dele de modo carinhoso. Então, ele abriu sua caixa, pegou outro livro e disse: – Agora, leia o que está escrito aqui.

A criança começou a soletrar o nome, letra a letra, e leu o nome do tio. E mais um livro saiu da caixa, que também tinha o nome do tio.

Depois de ver o nome do tio em três livros, um depois do outro, a criança parecia pronta para se dar por satisfeita. Ele abriu os braços e disse: – Existem muitos, muitos livros com seu nome neles... 100, 24, 7?

O tio piscou e disse: – Espere e veja.

O menino pegou os três livros e saiu correndo, animado para mostrá-los à empregada idosa.

Enquanto isso, seu tio escrevia uma peça. Shivaji, a figura histórica, era a protagonista.

Os amigos disseram: – Isto certamente será um sucesso no teatro.

Ele conseguiu imaginar a cidade, com todos os seus detalhes, ressoando com os nomes seu e de sua peça.

Era domingo. Seu amigo, apaixonado por teatro, saiu para pedir a opinião dos produtores. Ele esperou ansiosamente pelo retorno do amigo.

Seu sobrinho também estava em casa no domingo. Desde a manhã, o menino estava envolvido em uma brincadeira interessante, que não tinha sido notada pelos olhos distraídos do tio.

Havia uma gráfica ao lado da escola da criança. Dali, o menino havia reunido as letras para escrever seu nome. Eram de tamanhos e fontes diferentes.

A criança estava afundando-as em tinta e escrevendo o próprio nome em todos os livros que pegava... queria surpreender o tio.

Ele ficou surpreso. Em determinado momento, o tio entrou no quarto e viu seu sobrinho muito ocupado.

– Kanai, o que está fazendo?

Com grande entusiasmo, o menino mostrou a ele o que estava fazendo. Não apenas dois ou três, mas o nome de Kanai estava na capa de pelo menos 25 livros.

Que danado! O menino estava brincando em vez de estudar! Que brincadeira maluca era aquela?

Ele tirou as letras das mãos de Kanai. A criança chorou irritada, e então derramou lágrimas pesarosas; nada nem ninguém podia consolá-lo.

A empregada veio correndo: – O que houve, menino?

Kanai disse: – Meu nome!

A mãe se aproximou dele e perguntou: – Kanai, por que está chorando?

Kanai chorou: – Meu nome!

A empregada colocou uma barra de chocolate na mão dele. Ele a jogou no chão e gritou: – Meu nome!

A mãe se aproximou e disse: – Kanai, aqui está seu trenzinho.

Ele o afastou e gritou: – Meu nome!

O amigo voltou do teatro.

O tio correu para cumprimentá-lo à porta: – Como foi?

O amigo respondeu: – Eles não quiseram.

O tio ficou em silêncio por muitos minutos e então disse: – Ainda que me custe até meu último centavo, vou produzir a peça.

O amigo perguntou: – Tem um jogo de futebol hoje... quer ir?

Ele respondeu: – Não, não me sinto muito bem.

À noite, sua mãe chegou e disse: – A comida está esfriando.

Ele disse: – Não estou com fome.

À noite, sua esposa perguntou: – Por que não lê sua nova peça para mim?

Ele disse: – Estou com dor de cabeça.

Seu sobrinho se aproximou e disse: – Devolva meu nome.

O tio lhe deu um tapa forte no rosto.

Um olhar rápido

Quando ela entrou no carro, virou-se levemente e me lançou mais um rápido olhar.

Onde, no mundo todo, posso guardar essa lembrança?

Onde posso encontrar um local que não seja eternamente perturbado pelas horas, minutos e segundos que passam?

Esse rápido olhar vai desaparecer no anoitecer, que engole todos os tons dourados das nuvens? A chuva que lava o pólen brilhante das flores... será que ela levará esse momento também?

Ele certamente não pode sobreviver entre a centena de milhares de coisas espalhadas pelo mundo, enterradas nos montes de milhares de conversas, perdida na pilha de milhares de males.

O presente daquele rápido momento venceu todas as improbabilidades e chegou a mim para ser guardado. Vou mantê-lo em canções, tomado por ritmo. Vou mantê-lo seguro no porto do esplendor.

Nesta terra, os reis ganham poder e os ricos ganham riqueza e perdem tudo para a morte. Mas existe um elixir de lágrimas que é capaz de manter o olhar de um momento vivo para sempre, por toda a eternidade?

A canção diz: "Por que você não dá isso a mim? Não toco o poder do rei ou a riqueza do rico, mas essas coisas são um esconderijo eterno. São as pequenas joias que eu uno para formar um colar para a eternidade".

Dezessete anos

Eu a conheci por dezessete anos. Indo e vindo, vendo um ao outro com frequência, dizendo muito um ao outro – tantos sonhos, especulações e histórias reveladas. Às vezes, uma visão de olhos sonolentos, uma visão antes do amanhecer de uma estrela se apagando, ou o odor de uma árvore na noite chuvosa, ou talvez os traços cansados de Pilu Barwan durando pelas últimas horas de uma noite de primavera – tudo se unia no coração dela. E, com tudo isso, ela me chamava pelo nome. A pessoa que respondia ao chamado não pertencia a si mesma. Era uma criação do que ela "conhecia" por dezessete anos. Na diversão ou na irritação, no trabalho ou no lazer, em público ou em particular, ele era formado pela maneira que ela o havia conhecido.

Desde então, mais dezessete anos se passaram.

Mas esses anos, suas noites e seus dias, não estão mais unidos àquele chamado e por isso se espalham.

Todos os dias, eles chegam a mim e perguntam: – Onde devemos viver? Quem vai nos chamar e nos manter unidos?

Eu não sei o que responder quando fico sentado em silêncio, perdido em pensamentos. E eles? Eles se afastam dizendo: – Vamos em nossa busca.

– Busca por quem?

Eles não sabem. E assim flutuam mais alto e mais longe e como as nuvens caprichosas na noite, eles desaparecem na escuridão e somem da minha vista.

Pesar ingrato

Ela nos deixou quando anoiteceu. Minha mente tentou me consolar. "A vida é uma mera ilusão."

Perdi minha paciência. – Mas, essa caixa de costura na mesa, o vaso de flores na varanda, o leque na cama com o nome dela escrito... tudo isso é real!

A mente disse: – Mesmo assim, procure ver as coisas dessa maneira...

Eu disse: – Ah, pare com isso. Veja aquele romance ali... ele continua com o grampo de cabelo dela no meio, como se fosse um marcador de página, ela não havia terminado de ler. Se isso também é uma ilusão, por que ela seria tão real?

A mente ficou em silêncio.

Meu amigo veio e disse: – Tudo o que é bom não morre, nunca vai embora. O universo todo o leva no coração como se fosse uma preciosidade.

Enfurecido, exclamei: – Como pode dizer isso? O corpo dela era algo ruim? Onde, então, ele desapareceu?

Eu me revoltei contra tudo que era importante para mim no mundo, assim como a criança se revolta contra a mãe. Eu disse: – O mundo é um traidor!

De repente, fiquei surpreso... pensei ter escutado alguém dizer: – Ingrato!

Olhei pela janela e vi a lua cheia. Parecia com o sorriso dela, que aparecia e se escondia. Pelas profundezas do brilho, uma reprimenda me foi feita: – O fato de você ter me abraçado é mentira, certo? E agora que não pode me ver, assume isso como a grande verdade?

A pista

Essa nossa pista estreita, que se torce e retorce pelo caminho, parecia ter saído em busca de algo. Mas onde quer que entrasse, deparava com algum obstáculo: uma casa ali, um muro aqui, outra casa acolá.

Acima, o máximo que conseguia ver era um laço fino de céu azul.

– Diga-me, para qual cidade você leva? – perguntou ao céu.

À tarde, viu rapidamente o sol e disse para si mesma: – Isso não faz o menor sentido para mim.

As nuvens de chuva ficaram mais densas no céu entre as duas fileiras de casas unidas, parecia que alguém havia pegado um lápis e riscado o raio de sol do caderno da pista. A água da chuva escorria pela calçada e os trovões brincavam de tambor em acompanhamento. O caminho se tornou escorregadio, os guarda-chuvas dos pedestres se chocavam uns com os outros, a água da chuva do topo caía sobre eles com barulho.

Surpresa, a pista exclamou: – Estava tudo muito seco até agora. Por que, de repente, essa umidade? Que transtorno!

Com a primavera, o vento do sul passava pela pista sem cerimônia; poeira e pedaços de papel voavam aleatoriamente. Confusa, a pista murmurou: – Que delírio de um deus maluco é esse?

A pista sabia que os montes de lixo que se acumulavam na lateral todos os dias – os espinhos de peixe, a fuligem das chaminés, as cascas de legumes e os ratos mortos que de vez em quando apareciam – eram uma parte da realidade. Ela nunca se perguntava: – Por que essas coisas estão aqui?

E ainda assim, quando o sol do outono brilhava pelas barras da varanda, quando Raag Bhaivari era tocado na festa sazonal, pensava por um momento que podia existir algo ali, algo maior do que pedras de pavimentação, algo além do reto e do estreito.

Enquanto isso, o dia passava, a luz do sol escorregava do telhado como a ponta de um sair no corpo de uma dona de casa. O relógio marcava 9 e a empregada retornou da feira com uma cesta cheia de legumes. A pista ficou engasgada com a fumaça e o cheiro de muitas refeições que estavam sendo preparadas. Os trabalhadores começaram a se ocupar.

Foi quando a pista teve certeza: – A verdade está aqui, neste estreito e reto, entre as pedras de pavimentação. E o que eu penso ser algo maior e superior é, na verdade, apenas um complexo sonho.

A pergunta

O pai voltou do crematório e o filho de sete anos – nu, com um amuleto de ouro pendurado em uma corrente – estava sozinho perto da janela no andar de cima. Os pensamentos da criança não eram conhecidos nem mesmo para ela.

O sol da manhã tocava o galho mais alto da árvore no quintal do vizinho e um homem que vendia mangas verdes ia e vinha, segurando suas frutas.

O pai se aproximou e abraçou o filho. A criança perguntou:
– Onde está a mamãe?

O pai apontou para cima: – No céu.

Naquela noite, o pai, arrasado por seu pesar e perda, chorou muitas vezes enquanto dormia.

A lanterna brilhou na porta. Duas lagartixas subiam pelas paredes.

A porta da varanda da frente estava aberta. A criança se aproximou e ficou ali.

As casas ao redor, com todas as luzes apagadas, pareciam sentinelas em uma terra de males, dormindo enquanto guardavam.

Nu, o menino olhou para o céu. Seu coração revolto parecia perguntar a alguém: – Como chegar ao céu?

O céu não respondeu. Apenas as lágrimas da noite silenciosa brilhavam nas estrelas.

O presente

O festival anual estava ocorrendo. O estoque estava repleto de todos os tipos de presentes: tecidos, decorações douradas, tigelas de argila cheias de doce e pratos de carne.

A mãe estava enviando presentes a todos.

O filho mais velho era funcionário do governo em terras distantes; o segundo filho era um mercador que percorria o mundo; os outros filhos haviam se afastado por brigas bobas, e agora cada um vivia em sua casa. Os parentes estavam espalhados pelo mundo.

O filho mais novo, um bebê, ficava na porta o dia todo e observava a mãe colocar os presentes em bandejas e pratos, cobrindo-os com lenços coloridos, e os mandava por empregadas e servos.

O dia acabou e todos os presentes tinham sido enviados. Os últimos raios de sol tiraram o último presente da bandeja de ouro e desapareceram nas estrelas.

A criança voltou para dentro da casa e disse à mãe: – Mamãe, você deu um presente a todos, mas não me deu nada!

A mãe riu. – Dei todos os presentes a todos. Vejamos o que sobrou para você.

Ela o beijou na testa.

A criança disse numa voz chorosa: – Não vou ganhar presente?

– Você vai ganhar quando for para longe.

– Mas quando estou perto de você, não ganho algo de suas mãos?

A mãe esticou os braços e o aproximou dela. – Isto é tudo o que tenho em minhas mãos.

Céu e Terra

O céu errado

O homem era, de fato, um vagabundo. Não tinha trabalho, mas tinha muitos passatempos.

Em placas de madeira, ele derrubava argila e as decorava com conchas. De longe, parecia uma pintura abstrata, com um bando de pássaros nela, ou um campo com vacas pastando, ou talvez uma cadeia de montanhas – e seria aquilo água descendo a montanha ou uma trilha de caminhada?

Seus amigos e familiares sempre lhe dirigiam palavras duras. Às vezes, ele prometia acabar com a loucura, mas a loucura não o deixava.

Há algumas crianças que são gazeteiras ao longo do ano, e quando as provas se aproximam, elas conseguem passar por pouco. Era a mesma coisa com esse homem.

Ele passou a vida toda sem fazer nada em especial e, quando morreu, ficou sabendo que sua entrada no céu estava liberada!

Mas o destino persegue o homem mesmo que ele esteja a caminho do céu. O anjo que estava trabalhando leu errado a etiqueta do homem e o colocou no céu dos trabalhadores.

Esse céu tinha tudo, menos tempo a perder.

Ali, os homens diziam: – Por um momento para recuperarmos o fôlego!

As mulheres diziam: – Até mais tarde, tenho trabalho a fazer.

Todos diziam: – O tempo é precioso.

Mas ninguém dizia: – O tempo não tem preço.

Todos resmungavam: – Este é o limite – e se sentiam animados. Algo comum que todos diziam era: – Trabalhar, trabalhar sem parar.

Aquela pobre alma não se encaixava ali, por mais que tentasse encontrar um espaço. Ele caminhava pelas ruas de modo sonhador e atrapalhava pessoas ocupadas. Se tentasse estender os lençóis e descansar um pouco, diziam a ele que estava sentado no campo onde sementes eram plantadas. Assim, ele tinha de sair dali e abrir espaço o tempo todo.

Uma menina muito séria ia pegar água do poço todos os dias. Ela caminhava por ali com passos cadenciados.

Seu cabelo ficava preso em um coque. E ainda assim algumas mechas escapavam e caíam sobre suas sobrancelhas, tentando chegar a seus olhos pretos.

O homem sem trabalho ficava à margem da estrada, parado como uma árvore gigante ao lado de um rio.

A menina sentiu pena dele, assim como a princesa sente pena do mendigo do lado de fora de sua casa.

– Pobre homem, você não tem trabalho para fazer?

O homem sem trabalho suspirou e disse: – Mal tenho tempo para trabalhar.

A menina olhou para ele, confusa e perguntou: – Gostaria de me ajudar a trabalhar?

Ele disse: – Estou aqui só esperando para ajudá-la a trabalhar.

– Que trabalho devo dar a você?

– Se puder me dar um desses vasos com o qual pega água todos os dias...

– O que você faria com ele? Pegaria água?

– Não, pintarei desenhos nele.

A menina se irritou. – Não tenho tempo para gastar. Vou-me agora.

Mas quem ama trabalhar nunca vence de quem se abstém do trabalho. Todos os dias, eles se encontravam na primavera e, todos os dias, ele dizia a mesma coisa: – Dê-me um de seus vasos, posso pintá-lo.

Por fim, ela se deixou vencer. E entregou o vaso a ele.

Ele começou a traçar linhas ao redor dele, em muitas cores, com muitos detalhes.

Quando terminou, a menina pegou o vaso, olhou-o de todos os ângulos. Arqueou as sobrancelhas e perguntou: – Para que isto?

O homem disse: – Para nada.

A menina foi para casa com o vaso pintado.

Ela se sentou sozinha, longe dos olhos curiosos, e virou o vaso de um lado a outro – olhou para este diversas vezes, de todos os lados possíveis. À noite, ela saiu da cama, acendeu a luz e ficou olhando para a pintura, sem nada dizer. Em toda a sua vida, era a primeira vez em que via algo que não tinha nenhum propósito.

No dia seguinte, enquanto caminhava, seus pés pareciam estar mais lentos do que o normal. Pareciam estar distraídos enquanto caminhavam e pareciam querer parar e pensar... as ideias deles não faziam sentido.

O homem que não trabalhava estava exatamente no mesmo lugar.

A menina perguntou: – O que você quer?

Ele disse: – Quero tirar mais trabalho de suas mãos.

– Que trabalho devo dar a você?

– Se me permitir, posso tecer uma fita colorida para seu cabelo.

– Para que isso?

– Para nada.

A fita foi tecida com muitos tons e fios variados. A menina começou a passar mais tempo diante do espelho, arrumando os cabelos. A maior parte de seu trabalho continuou sem finalização enquanto o sol subia no céu.

Enquanto isso, brechas foram aparecendo aqui e acolá na rotina de trabalho bem organizada dos trabalhadores do céu. Os espaços começaram a ser preenchidos com lágrimas e melodia.

Os mais velhos no céu dos trabalhadores estavam muito preocupados.

Uma reunião foi realizada. Eles disseram: – Nunca, na história do céu, uma coisa dessas aconteceu.

O anjo que havia cometido o erro se pronunciou e assumiu a culpa. – Trouxe o homem errado ao céu.

O homem que não trabalhava foi chamado. Apenas a sua aparência, com seu turbante colorido e faixa de muitas cores, foram suficientes para convencer a todos de que um grave erro havia sido cometido.

O líder disse: – Receio de que você terá de voltar para a Terra.

Ele pegou suas tintas, colocou os pincéis no cinto e suspirou aliviado. – Então eu me vou.

A menina deu um passo à frente. – Vou com você.

O líder ficou surpreso. Pela primeira vez em sua vida, ele via algo que não fazia o menor sentido!

O advento

Os preparativos estavam sendo feitos. Não houve um momento para que se parasse e pensasse: preparativos para o quê?

Mas, ainda assim, em meio a toda a confusão, eu conseguia analisar meu coração de vez em quando e perguntar: – Estamos esperando alguém?

O coração disse: – Oh, por favor! Preciso tomar posse da terra, reunir os materiais e começar a construir a mansão – não me perturbe com perguntas tolas agora.

Eu segurei minhas palavras e voltei ao trabalho, dizendo a mim mesma: – Quando a terra for comprada, quando o material for reunido e a mansão construída, terei a resposta.

A compra da terra ocorreu bem, o material foi reunido em montes, e sete blocos da mansão foram construídos. Perguntei: – Vai responder à minha pergunta agora?

O coração disse: – Espere, não tenho tempo agora.

Eu perguntei: – Mas por quê? Você precisa de mais terra, de mais espaço, de mais materiais de construção?

O coração disse: – É claro.

Eu perguntei: – Isso não basta?

O coração disse: – Não há espaço suficiente.

Eu perguntei: – Espaço para quê, espaço para quem?

O coração disse: – Vou dizer mais tarde.

Fiquei curioso: – Estamos esperando alguém grandioso?

O coração respondeu: – Certamente.

Alguém ou algo muito maior do que o espaço era capaz de abranger. Comecei a trabalhar com vigor renovado. Parei de comer e dormir, e logo perdi a noção do tempo. Aqueles que me viam, me davam tapinhas nas costas e diziam: – Você é mesmo trabalhador.

Às vezes, apenas de vez em quando, eu tinha o leve pressentimento de que o coração não tinha as respostas. Por isso, ele gostava tanto de me dar mais e mais trabalho, para distrair-me de minhas perguntas. Às vezes, eu tinha vontade de parar de trabalhar, colocar meu ouvido no chão e esperar pelo som de alguém se aproximando. Sentia vontade de parar de construir andares e então iluminar os quartos, parar de reunir material e colocar algumas flores em um colar de boas-vindas antes que ficasse escuro demais para pegar flores.

Mas não ousei, porque tinha de obedecer ao meu coração. Ele mantinha guarda noite e dia com balanças e trenas, pesando e medindo tudo em quilos e metros. Ele ficava dizendo para mim: – Mais, mais, precisamos de mais.

– Por que precisamos de mais?

– Porque ele é muito maior do que isso.

– Quem é maior?

Mas não houve resposta.

Se eu pressionasse para saber a verdade e dissesse: "Você não pode continuar fugindo da pergunta assim, precisa me dar uma resposta'', o coração dizia: — E por que *eu* tenho que lhe dar uma resposta? É você que está sempre fugindo do trabalho, exigindo saber o que não pode ser conhecido, o que ainda é um mistério pra mim, o que ainda não faz sentido. Veja com o que tenho de lidar, pra variar: tantos assuntos legais, tantas batalhas, armas e adagas, soldados e mercadorias espalhadas por todos os lados — artesãos e trabalhadores, tijolos, madeira e cimento enchendo o local. Tudo isso é claro e tangível. Não há como adivinhar, nem como especular. Por que você pretende ir além de tudo isso e fazer mais perguntas?

Enquanto escutava, eu senti: "O coração é o sábio e eu sou o tolo".

Mais uma vez eu comecei a colocar tijolos em meu cesto e a misturar o cimento.

O tempo passou. Comprei terras em todos os cantos, até onde o olho alcançava. A mansão tinha cinco andares inteiros e o sexto estava em construção. Nesse momento, um dia, as nuvens de chuva deram espaço, nuvens brancas e fofinhas pegaram o lugar delas no céu, uma brisa fria soprou das montanhas com a alegre melodia de Raga Bhairav. Os minutos e os segundos dos dias e noites se tornaram agitados como as abelhas agitadas pelo aroma da flor de lótus. Eu olhei para cima e encontrei o firmamento todo sorrindo para mim e para os seis andares de minha mansão orgulhosamente construída.

Eu estava agitado, perguntando a todos que passavam por mim: — Ei, você sabe em qual galeria essa orquestra toca esta noite?

Eles diziam: — Oh, sáia, estamos muito ocupados.

Um duende estava no canto da estrada, recostado no tronco de uma árvore, usando uma coroa de flores fragrantes na cabeça.

Ele disse: — É a canção do advento.

Eu não sabia o que entender daquilo, mas disse: – Oh, então está quase na hora!

Ele riu e disse: – Sim, quase.

Eu me apressei e disse ao coração: – Largue tudo o que estiver fazendo agora.

O coração respondeu: – Como assim? Todos vão nos chamar de desocupados!

Eu disse: – Deixe que digam!

O coração perguntou: – O que há de errado com você? Escutou alguma coisa?

Eu disse: – Sim, tenho novidades.

– Quais novidades?

Eu não tinha uma resposta clara para dar. Mas eu *tinha* novidades. Bandos de cisnes estavam voando vindos de Manas Sarovar, seguindo o raio de luz.

O coração balançou a cabeça: – Onde estão o mastro da poderosa carruagem e a procissão? Não consigo ver nem ouvir nada!

Enquanto ele falava, alguém tocou a varinha de condão no céu e a luz dourada se espalhou. De repente, ouviu-se um barulho. "O mensageiro está aqui."

Eu fiz uma reverência e perguntei a respeito do mensageiro: – Ele está vindo?

A resposta me envolveu: – Sim, ele está vindo.

O coração ficou corado: – Oh, meu Deus. Apenas começamos o sexto andar e todo o material está para chegar ainda.

A resposta foi: – Destrua e derruba sua mansão de seis andares.

Surpreso, o coração perguntou: – Mas por quê?

A voz disse: – Hoje é dia do Advento e sua casa está no meio do caminho, firme em sua arrogância.

O coração ficou parado, surpreso.

Mais uma vez, a voz disse: – Tire seus materiais de construção.

O coração perguntou: – Por quê?

– Porque eles estão tomando o espaço e atrapalhando.

Eu havia passado meus dias de trabalho construindo andar sobre andar em uma mansão de seis andares. Nesse dia de lazer, eu tive de derrubar todos eles, um por um. Todos os materiais de construção que tinham sido juntos tão meticulosamente tiveram de ser retirados todos de uma vez. Não que isso importasse. Mas onde *estava* os mastros da poderosa carruagem e a procissão opulenta?

O coração olhou ao redor.

O que ele viu?

A estrela da manhã no céu de outono.

Seria tudo?

Sim, era tudo. E havia os canteiros de orquídeas repletos de flores.

Seria tudo?

Sim, era tudo. Também viu a cauda de uma pega-rabilonga remexendo-se no anoitecer.

E?

E uma criança – ele gritou com alegria, fugiu dos braços da mãe e correu para fora, para a luz da manhã.

– Mas você disse que era o Advento... tudo por isso?

– Sim, isso é o que ilumina o céu à noite e coloca música no ar.

– E é isso o que precisa de tanto espaço?

– Oh, sim, um prédio de sete andares para seu Rei, salas repletas de objetos para seu senhor e mestre, e para eles – o céu todo, o mundo todo!

– Mas e o colossal e o grande?

– O poderoso e o magnificente residem no insignificante.

– Com o que essa criança pode abençoá-lo?

– Ela guarda as bênçãos do Criador, ele vem com as esperanças e as alegrias do mundo todo. Ele carrega o míssil secreto em seu tremor disfarçado e em seu coração está o golpe mortal.

O coração me perguntou: – Oh, poeta, consegue ver tudo isso? Faz sentido para você?

Eu disse: – Por isso precisei parar meu trabalho. Não conseguia ver nada e nada fazia sentido para mim.

O cavalo

Brahma, o Criador, havia quase terminado seu trabalho de criar o universo. O sino para marcar o fim do dia de trabalho estava prestes a tocar e, de repente, ele teve uma ideia.

Ele telefonou para seu gerente e disse: – Gerente, traga alguns dos cinco elementos vitais de meu estoque... um pouco de terra, de água, de ar, de ferro e de céu. Quero criar uma nova criatura.

O gerente uniu as mãos e fez uma reverência: – Oh, Senhor do Universo. Quando criou o elefante, a baleia, a serpente, o tigre e o leão com tamanha perfeição, não fez estoque das coisas. Todos os elementos fortes e pesados estão quase todos terminados. Terra, água e fogo estão terminando. Mas ainda há muito ar e espaço.

O deus de quatro cabeças tocou os quatro bigodes por algum tempo e disse: – Tudo bem, traga o que houver disponível... vou ver o que posso fazer.

Dessa vez, quando criou o novo animal, Brahma economizou terra, água e fogo. Ele não deu chifres nem garras à criatura, os dentes que ele deu a ela eram apenas para mastigar e não morder. Ele acrescentou um pouco de fogo, de modo que a criatura servia para certas tarefas no campo de batalha, mas ele não tinha a menor intenção de lutar. E ele deu ao animal o nome de cavalo.

Acima de qualquer coisa, o Criador encheu a criatura de ar e espaço. A consequência foi que a alma da criatura apenas desejava liberdade. Queria correr mais que o vento e saltava pelos céus infinitos. Todas as outras criaturas correm quando existe causa para isso, mas aquela corria sem motivo, como se desejasse fugir de si mesma. Sem agarrar, sem lançar... ela só queria escapar. O objetivo era correr tanto a ponto de ficar em um estado, de transe, perdido no próprio movimento, e finalmente fugir de si totalmente. Os sábios dizem que essa é a consequência de muito ar e espaço na natureza de alguém, diferentemente de outros elementos, como terra, fogo e água.

Brahma ficou surpreso. Como casa, ele havia dado às outras criaturas madeira e cavernas. Mas como ele adorava observar os cavalos correndo, deu a ele os campos nos quais viver.

Ao lado desses campos, vivia o homem. Ele reuniu, separou, pegou tudo e organizou em uma pilha grande. Quando observou o cavalo correndo nos campos, pensou: "Se ao menos eu pudesse prender essa criatura de alguma forma, ajudaria muito nos dias de feira".

Um dia, ele fez um laço e pegou o cavalo. Uma sela foi colocada em suas costas e rédeas na boca. O homem chicoteou suas ancas e espetou suas costelas com botas com esporas. E ele aprumou tanto o cavalo que ele ficou bonito.

Quando estava no pasto, o cavalo podia ir embora. Assim, muros foram construídos ao seu redor. O tigre estava na floresta e ainda tinha liberdade, o leão ainda tinha as cavernas e ninguém as tirava dele. No entanto, o cavalo, que antes tinha os pastos, agora estava preso no estábulo. O ar e o espaço empurravam o animal para a liberdade, mas não podiam protegê-lo do cativeiro.

Quando chegou ao limite de sua paciência, o cavalo começou a dar coices nas paredes. Mas os cascos do animal ficaram mais prejudicados do que as paredes, apesar de um pouco de tinta e gesso terem caído, deixando a aparência pior.

Isso deixou o homem enfurecido. Ele disse: – Isso é ingratidão completa. Damos abrigo e ração ao animal, contratamos cuidadores com salários altos, e ainda assim essa criatura não se deixa domar!

Para conseguir domar o cavalo, o cuidador usava muito o chicote e, logo, o animal desistiu de dar coices e saltos. O homem começou a se exibir para seus vizinhos: – Esse animal é o mais leal de todos.

Eles responderam com mais elogios: – Verdade! E tranquilo como água parada. É muito bom tê-lo por perto.

Para começar, o cavalo não tinha chifres, garras nem presas. E agora não podia nem mesmo dar coices nas paredes. Mas precisava dar vazão a suas emoções. Então ergueu a cabeça para o céu e começou a relinchar alto. O sono do dono foi perturbado e os vizinhos não consideravam aquele som muito agradável. Assim, muitos equipamentos foram criados para fazê-lo calar-se. Mas a não ser que haja enforcamento, a boca não se cala para sempre. Assim, um relincho baixo continuou sendo emitido de vez em quando.

Um dia, o relinchar chegou aos ouvidos de Brahma. Ele parou de meditar, abriu os olhos e olhou para os campos da Terra. Mas não viu sinal do cavalo ali.

Brahma chamou Yama, o Senhor da Morte, e disse: – Isso deve ser coisa sua. Você levou meu cavalo.

Yama disse: – Oh, Criador! Por que sempre suspeita de mim? Olhe para o vilarejo do homem!

Brahma olhou: era um local pequeno, com paredes nos quatro cantos. No centro, ficava o pobre cavalo, relinchando.

Brahma se sentiu perturbado. Ele chamou o homem e disse:
– Se você não libertar essa criatura que fiz, vou dar presas e garras a ele, que deixará de ter valor a você.

O homem disse: – Oh, não, isso apenas incitaria mais violência. Mas, ó Senhor, devo dizer que esse animal não merece a liberdade! Eu construí aquele estábulo, com muito custo, pelo bem da criatura. É um estábulo muito confortável.

Brahma estava decidido: – Você precisa soltá-lo.

O homem disse: – Tudo bem, vou soltá-lo... mas apenas por sete dias. Estou convencido de que depois de sete dias, o Senhor vai considerar o estábulo melhor do que os campos.

O homem esperto fez isto: soltou o cavalo, mas primeiro prendeu as duas patas da frente com uma corda grossa. Com isso, o cavalo caminhava de modo limitado, como um sapo.

Brahma vivia no céu, muito longe da Terra e conseguiu ver o caminhar desajeitado do cavalo, mas não a corda ao redor das patas do bicho. Observando os movimentos desajeitados do animal, Brahma ficou com vergonha e disse: – Cometi um erro!

O homem uniu as mãos e perguntou: – O que o Senhor quer que façamos com o animal? Se houver pastos no céu, podemos mandá-lo para lá!

Brahma estava desesperado: – Vá e leve-o a seu estábulo!

O homem disse: – Senhor, esse é um peso grande que colocas sobre um homem.

Brahma disse: – Sim, mas é isso o que torna o homem um animal nobre.

O espectro do mestre

Enquanto o Mestre estava em seu leito de morte, todos exclamaram: – O que será de nós se o senhor partir?

O mestre estava triste. Pensou: "Quando eu me for, quem vai conseguir mantê-los calados?!?"

Mas a morte não pode ser ignorada. Os deuses, no entanto, tinham dinheiro e disseram: – Não se preocupem! Deixem esse homem ser um espectro e sentar-se nas cabeças deles... os homens podem morrer, mas nunca os fantasmas.

Todos ficaram muito aliviados. O espectro do Homem cuidaria de tudo.

Todas as nossas preocupações são a respeito do passado... e é isso o que envolve um fantasma. Um fantasma é capaz de carregar um grande peso nas costas. Ele não tem uma cabeça sobre os ombros... por isso, não pode ter dor de cabeça!

Mas sempre que as pessoas tentavam pensar por si mesmas, o espectro tomava seus ouvidos. Não havia como alcançar o pensamento, nem fugir dele – nenhuma ideia podia ser dada contra ele, nada podia ser pensado contra ele.

As pessoas eram assombradas enquanto caminhavam de olhos fechados. Os sábios diziam: – Essa caminhada não vista é a forma mais primitiva de movimento. É caminhar no fogo. Os primeiros organismos sem visão do mundo se moviam dessa maneira. Essa forma de movimento se mostra até hoje na grama, entre as árvores.

Com isso, a terra assombrada percebeu a própria aristocracia e sentiu-se muito satisfeita consigo mesma.

O assistente do espectro era o carcereiro da prisão assombrada. As paredes dessa prisão não eram visíveis aos olhos. Assim, era impossível encontrar um modo de fazer uma abertura na parede e escapar.

A bomba de óleo que tinha de ser virada continuamente naquela prisão nunca retirou uma quantidade de óleo que pudesse ser vendida no mercado, mas sugava os espíritos das pessoas. Sem espírito, as pessoas se tornavam dóceis. Isso garantia que na terra assombrada, apesar da falta de alimentos, de roupas e de saúde, a paz continuasse reinando.

Um exemplo de intranquilidade era que, enquanto estavam em outras terras, quando os espectros ficavam grandes demais para elas, as pessoas se tornavam impacientes e procuravam exorcistas, e ali não havia nada disso. Ali, o próprio exorcista era possuído! Assim, os dias teriam passado sem qualquer repugno à aristocracia. As pessoas poderiam ter se gabado dizendo que o bom de seu futuro estava preso ao poste de seu passado fantasmagórico. E era um futuro que nunca protestava, simplesmente ficava ali, como se fosse feito da terra.

Mas havia um pequeno problema: as outras terras da Terra não eram assombradas. Assim, as bombas de óleo em outras terras trabalhavam incessantemente para retirar o petróleo que girava as engrenagens do futuro, em vez de arrancar o sangue das pessoas para oferecer um passado espectral. Os homens naquelas terras não eram totalmente dóceis; eram muito atentos.

Enquanto isso, em todos os cantos da terra assombrada, as pessoas faziam seus filhos dormirem com canções de ninar, como "Rock a bye baby".

Isso era bom para os filhos e também para os pais e, claro, para a vizinhança em geral.

Mas o vento sopra, o galho se quebra e o berço vira.

Caso contrário, a rima não terminaria e o poema da história continuaria sem fim.

Perguntaram a todos os homens sábios da terra: – Por que isso aconteceu?

Eles balançaram a cabeça de uma vez e responderam: – Não é culpa do espectro, nem da terra assombrada – é culpa do vento. Por que ele tem de soprar?

Todos concordaram com aquilo. – Sim, sim, é verdade. Eles se sentiram confortados com essa ideia.

Mas, independentemente de quem tivesse culpa, o feitiço foi desfeito. Agora, os oficiais do espectro estavam por todos os cantos da casa, e os oficiais dos não assombrados caminhavam pelas ruas. Da esquerda, eles gritavam: – Paguem o que devem!, e da direita: – Paguem o que devem!

Mas a pergunta era: – Como podemos pagar o que devemos?

Todos aqueles dias, o vento soprava do norte, do sul, do leste e do oeste, arrastando toneladas de grãos... ninguém se preocupou com isso. As pessoas da terra nunca tinham sido amigáveis com os materialistas. Mas aqueles com meios materiais de repente ficaram muito próximos das pessoas da terra, e nunca receberam nada por isso. O grupo de especialistas consultou seus livros e disse: – Os sem sentido são puros e os espertos estão caídos. Por isso, fiquem longe dos espertos.

Todos gostaram daquilo.

Mas isso não respondia à pergunta: – Como podemos pagar o que devemos?

Do local de queima, a resposta foi lançada ao vento. – Com sua castidade, com seu orgulho, honra e sangue.

O problema com as perguntas é que elas nunca vêm sozinhas; outra pergunta foi feita: – O reino do espectro vai durar por toda a eternidade?

Com isso, os cantores de músicas de ninar e seus primos de primeiro e segundo graus disseram surpresos: – Oh, meu Deus! Que pergunta! Se o espectro partir, de onde tiraremos nosso sono? Aquele sono que temos desde sempre... aquele sono primordial, mais antigo do que a vigília?

Quem fez a pergunta disse: – Isso tudo é muito bom, mas o que faremos em relação a este vento perturbador?

Os idosos disseram: – Cantaremos canções de ninar ao vento.

Os impertinentes ficaram impacientes e disseram: – Vamos nos livrar do espectro de alguma forma.

O oficial do espectro olhou para eles e disse: – Silêncio! A bomba de óleo ainda está em uso!

Com isso, os bebês na terra ficaram parados, rolaram para o lado e dormiram.

O principal foi que o mestre não estava vivo nem morto... ele era um espectro. Não podia mudar nada na terra, mas também não a deixava.

Algumas pessoas aqui e ali, que não ousaram falar no dia por medo do oficial, uniram as mãos e pediram: – Mestre, ainda não está na hora de o Senhor nos deixar?

O Mestre disse: – Homens simples, não posso segurar nem soltar nada. Se vocês abrirem mão, partirei.

Eles disseram: – Mas estamos assustados, Mestre.

O espectro disse: – É onde estou!

Céu e Terra

Indra: Oh, Brhaspati, professor respeitado dos deuses do céu, certa vez quase perdemos o céu para os demônios. Naquela época, deuses e homens lutaram lado a lado e resgataram o céu. Mas hoje a crise é bem maior... e precisamos de teu conselho.

Brhaspati: – Oh, Rei, receio não compreender bem o que quer dizer... de qual crise no céu tem medo?

Indra: – O céu não existe.

Brhaspati: – Não existe! Espere... então onde estamos vivendo agora?

Indra: – Estamos vivendo aqui por hábito, não percebemos nem mesmo quando o céu sumiu nas sombras e desapareceu totalmente.

Kartikeya: Mas por que, oh, Rei dos deuses, o senhor diz isso? Todas as tradições do céu, todos os costumes ainda estão onde deveriam estar.

Indra: Os costumes estão aumentando todos os dias, como a glória do sol que se põe, além do brilho. Como você sabe, oh, Comandante dos deuses, o céu não mais conhece o medo, porque ele é totalmente falso. Há quanto tempo os demônios atacaram o céu? Não há nada para atacar agora! Mesmo em épocas nas quais o céu foi tirado de nós brevemente, ele ainda existia, mas desde que...

Kartikeya: Acredito que compreendo o que está tentando dizer.

Brhaspati: As palavras de Indra fazem com que eu me sinta como se tivesse acabado de sair de um transe – e apenas quando você acorda do sono percebe que estava sonhando antes. Mas meu transe ainda está cobrindo minha visão.

Kartikeya: Devo dizer como me sinto? Existem setas no tremor, eu aguento o peso do tremor, minha mente está fixa nele e eu acho... que tudo está bem. Mas, de repente, alguém sussurra em meu ouvido e diz: – Olhe ao seu redor. – Eu olho e percebo que apesar de ter as setas, não há nada com que mirá-las. O céu perdeu o foco, perdeu seu ser.

Brhaspati: Mas precisamos entender por que isso aconteceu.

Indra: Aconteceu porque o céu perdeu sua conexão com o solo que dava a água para que as plantas crescessem e florescessem.

Brhaspati: A que você se refere como "o solo"?

Indra: A Terra. Espero que se lembre de que houve um tempo em que o homem veio ao céu para lutar em nome dos deuses. Fomos recíprocos com cortesia do mesmo tipo? Naquela época, o céu e a terra eram igualmente reais, igualmente verdadeiros... por isso nós o chamamos de Satya Yuga, a Idade da Verdade. Se o elo com a terra for desfeito, como o céu pode sobreviver sozinho, alimentando-se de seu próprio elixir?

Kartikeya: – E, oh, Rei dos deuses, a terra também está em apuros! O homem se tornou tão simples que não mais acredita na própria espiritualidade – só confia na matéria. Batalhas são travadas por coisas materiais. Seu elo com o céu está quebrado e assim a alma humana não é capaz de se elevar em direção à luz, atravessando a massa de matéria.

Brhaspati: – Então, qual é a saída?

Indra: – Precisamos restabelecer o elo entre céu e terra.

Brhaspati: – Mas o caminho que os deuses usavam para descer à terra não tem sido usado há muito tempo e não mais existe. Na verdade, pensei que isso fosse pelo bem... pensei que agora fosse ficar provado que o céu é neutro, independente e autossuficiente.

Indra: – Era uma vez a crença universal. Mas agora está claro que o céu é mantido pelo amor da terra, sem a terra, o céu vai sumir. Não percebemos esse elixir, tão tolos que fomos por pensar em nossa imortalidade. Assim, perdemos todos os indícios do caminho que os deuses tomaram para descer à Terra.

Kartikeya: – Desde que o demônio nos atacou, cuidamos para que o céu esteja bem protegido. Desde aquele dia, a riqueza do céu tem se acumulado bem aqui – nunca foi usada fora nem desperdiçada com outras coisas. A falta de intrusão por muitas eras fez com que o céu progredisse a ponto de agora ter se tornado diferente de tudo o que existe no universo. Assim, o céu hoje está sozinho.

Indra: – Seja progresso ou regressão, se algo exige isolamento de nosso ambiente, só pode proceder à futilidade. Quando o grande se afasta do insignificante, perde seu impacto e, apenas, serve para acumular peso em si. Hoje, o fogo do céu se afastou da luz da lamparina de argila e se tornou uma faísca. Por ter se afastado do alcance da raça humana, o céu se tornou inacessível até mesmo para si mesmo. É uma pena maior do que ser extinto. Em uma tentativa de manter sua santidade, prendemos o céu dentro de altos muros de proteção: apenas se esses muros forem derrubados e nosso poder ficar livre para fluir como o Ganga para dentro da terra, o céu vai se libertar dessas correntes. Hoje, meu coração está ansioso para acabar com essa prisão. Não permitirei que o céu se afaste, oh, Brhaspati: precisamos permitir que ele se una com os caídos, os ignorantes e os atormentados.

Brhaspati: - Qual é o seu plano?

Indra: - Posso ir à Terra.

Brhaspati: - Mas o caminho sumiu – essa é a triste realidade.

Indra: - Não posso mais ir lá como um deus; preciso nascer como um ser humano. Assim como o meteoro que cai do céu... extinguindo sua luz conforme chega à Terra... devo ir à Terra, deixando meu eu celestial para trás.

Brhaspati: - Mas agora quase não existe uma dinastia na Terra dentro da qual você possa nascer!

Kartikeya: - O mercador agora é o rei... o guerreiro agora é um soldado a serviço do mercador e o casto é um escravo do mercador por seu dinheiro.

Indra: - Não tenho o poder para escolher onde vou nascer... posso me estabelecer para onde for chamado, como um ímã.

Brhaspati: - Mas, e a lembrança de que você é Indra, como você...?

Indra: - Só posso viver como um ser humano na Terra se apagar essas lembranças.

Kartikeya: -Todo esse tempo, eu havia me esquecido da Terra. Agora, suas palavras me fizeram lembrar. Aquela terra escura deve estar em busca do céu ardentemente, seguindo o caminho do sol que nasce e se põe. Seria ótimo tranquilizá-la. Há muita honra em satisfazer suas esperanças. Como aquela beleza – vestida de azul-escuro e coroada com seu diadema – esqueceu que ela era rainha? Precisa ser lembrada de novo de que ela é a resposta para as preces de Deus, de que ela é a querida dos céus.

Indra: - Desejo descer e sussurrar essas palavras em seu sotaque do sul: sua separação roubou o néctar do céu de seu gosto e do florescer de sua glória – os oceanos que a envolvem não passam de lágrimas do céu, eles imortalizam a agonia de nossa segregação da Terra.

Kartikeya: – Oh, Rei dos deuses, se nos der permissão, gostaríamos de ir à Terra com o Senhor.

Brhaspati: – Quero testemunhar a luz imortal por trás dos muros da mortalidade.

Kartikeya: – Por que deveríamos ficar sem a grande variedade imaginada pela deusa Lakshmi em sua terra? Posso ver com clareza que sou necessário na Terra. Minha ausência está fazendo o homem criar guerras por motivos egoístas e não manter a ética nem a verdade.

Brhaspati: – E minha presença está fazendo o homem buscar conhecimento para seu uso materialista e não para sua salvação.

Indra: – Vou lá para fazer os arranjos para que vocês me sigam. Quando estiver na hora, vocês podem descer à Terra, como frutas maduras caindo da árvore. Mas esperem até a hora chegar.

Kartikeya: – E quando saberemos se o Senhor teve sucesso na missão?

Brhaspati: – Oh, não há como esconder isso! Assim que aquelas conchas ressoarem de modo triunfante...

Indra: – Oh, não, professor dos deuses, não haverá o triunfante ressoar das conchas, mas quando os olhos do céu ficarem repletos de lágrimas de compaixão, vocês saberão que meu nascimento deixou sua marca.

Kartikeya: – E até lá, talvez, nem saibamos onde você fica escondido em meio à poeira?

Brhaspati: – O charme da terra está nisso. A riqueza aparece na forma de pobreza, o poder é alimentado no colo daqueles sem poder, e o valor fica na fundação sob o solo da derrota. Os ninhos possíveis no coração do impossível. Na terra, se você acredita no tangível, você erra. Você deve colocar sua fé eternamente no que não é palpável.

Kartikeya: - Mas, oh, Rei dos deuses, por que sua auréola ficou mais fraca hoje?

Brhaspati: - Deixe a glória de sua chegada começar a brilhar agora.

Indra: - Oh, professor dos deuses, consigo ver o sofrimento do nascimento humano enquanto falo. Hoje eu comecei a combater o tormento − o pesar me leva a ele. As alegrias do céu foram separadas da angústia da terra. O tormento dessa separação pesou em meu coração. Agora, recebo esse tormento em minha vida. Devo transformar a dor triunfante com o néctar do amor. Por favor, cuide de mim.

Kartikeya: - Oh, Rei, abra o caminho para que possamos nos unir ao Senhor, lá. Permita que o céu parta hoje em busca da angústia.

Brhaspati: - Oh, Rei dos deuses, esperamos o caminho... por favor, mostre-nos o caminho para sairmos do céu, ou estaremos perdidos.

Karnikeya: - Liberte-nos, Senhor, das amarras do céu − abra o caminho pelo coração da morte.

Brhaspati: - O senhor é o Rei do universo, rompa a autoconcentração do céu e avise, sem deixar dúvida, que ele pertence à Terra.

Kartikeya: - Aqueles que tentaram sair da Terra em busca de céu sempre foram afastados por você. Hoje, é essencial levar o céu pelo caminho que leva à Terra.

Indra: - Aquele caminho da liberdade por meio das dificuldades e obstáculos...

Brhaspati: - A liberdade que combate todas as dificuldades que se colocam no meio de sua maneira alegre.

Sobre o autor

Nascido em 1861, Rabindranath Tagore foi um dos principais nomes da Renascença Bengalesa. Ele começou a escrever ainda jovem e, na virada do século, já havia se tornado um poeta, compositor, dramaturgo, ensaísta, contista e novelista de prestígio em Bengala. Em 1913, recebeu o prêmio Nobel de Literatura por sua coleção Gitanjali. Aproximadamente na mesma época, ele fundou a Visva Bharati, uma universidade localizada em Shantiniketan, perto de Calcutá. Chamado de "O Grande Sentinela" da Índia moderna por Mahatma Gandhi, Tagore manteve-se livre da política ativa, mas ficou conhecido por recusar, como gesto de protesto contra o massacre de Jallianwala Bagh, em 1919, o título de cavalheiro a ele conferido.

Tagore foi uma figura pioneira na literatura, conhecido por suas inúmeras criações em poesia, prosa, drama, música e pintura, às quais começou a se dedicar no fim de sua vida. Entre seus trabalhos, estão sessenta coleções de romances e poesia, como Gora e Home and the world, peças como Red oleanders e The post office, mais de cem contos, ensaios sobre assuntos religiosos, sociais e literários, e mais de 200 canções, incluindo o hino nacional da Índia e de Bangladesh.

Rabindramath Tagore morreu em 1941. Sua posição como um dos poetas mais modernos da Índia continua inabalada até hoje.

Impresso em São Paulo, SP, em março de 2013,
com miolo em off-set 75 g/m²,
nas oficinas da Farbe Druck Gráfica e Editora Ltda.
Composto em Bembo, corpo 12 pt.

Não encontrando esta obra em livrarias,
solicite-a diretamente à editora.

Escrituras Editora e Distribuidora de Livros Ltda.
Rua Maestro Callia, 123 – Vila Mariana
São Paulo, SP – 04012-100
Tel.: (11) 5904-4499 – Fax: (11) 5904-4495
escrituras@escrituras.com.br
vendas@escrituras.com.br
imprensa@escrituras.com.br
www.escrituras.com.br